国风的蔷薇

笑尘九子 ●

河南文艺出版社
·郑州·

图书在版编目(CIP)数据

因风的蔷薇/笑尘九子著. —郑州:河南文艺出版社,2017.3(2019.9 重印)

ISBN 978-7-5559-0493-9

Ⅰ.①因… Ⅱ.①笑… Ⅲ.①中国文学-当代文学-作品综合集 Ⅳ.①I217.2

中国版本图书馆 CIP 数据核字(2017)第 017319 号

出版发行	河南文艺出版社
本社地址	郑州市郑东新区祥盛街 27 号 C 座 5 楼
邮政编码	450018
承印单位	三河市兴国印务有限公司
经销单位	新华书店
开　　本	640 毫米×960 毫米　1/16
印　　张	24.75
字　　数	313 000
版　　次	2017 年 3 月第 1 版
印　　次	2019 年 9 月第 2 次印刷
定　　价	46.00 元

本书作者与著名作家二月河(左)合影

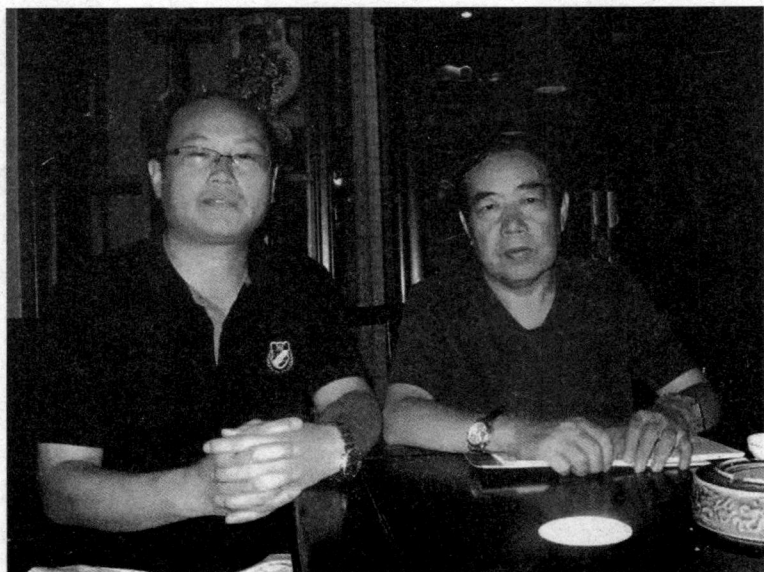

本书作者与著名作家贾平凹(右)合影

百啭无人能解

因风飞过蔷薇

——[宋]黄庭坚

在红尘里，微笑是金

王俊义

一

微信时代，微信就成了一个人的背叛。

没有人出卖你的行程，微信就出卖了你。

这几年，王笑尘（他爱用笔名笑尘九子）在哪里，他的微信就告诉我他所在的城市或乡村在哪里。

王笑尘的微信里，有很多是古体诗词，微信不但"告诉"了我们他的行踪，还"告诉"了我们他的情怀。

王笑尘每到一个地方，都会有深厚的怀古情思。在这些情思里，你会看出，王笑尘的内心世界里深埋了三个人：一个是李白，一个是杜甫，一个是陆游。

车过西安，王笑尘吟哦："停车欲邀太白饮，忽记仙去独尽觞!"面对喧嚣的世界，王笑尘临窗而立，会冒出如此的句子："莫道喧嚣累高士，太乙太白存一真。"王笑尘，钟情的是李白的浪漫倜傥。

冬日暮色沉沉，王笑尘行走于洛阳偃师，过邙山，他吟哦："玄奘法杖今何在？杜甫诗章空生悲。"暮春落花朵朵，王笑尘拜谒偃师杜甫墓，生出无限感慨："才盖盛唐空孤愤，诗传华夏满古今。"王笑尘，钟情的是杜甫的悲凉情愫。

清明时节，行色匆匆过绍兴，王笑尘吟哦："江南自古多才俊，至

1

今仍羡一放翁。"从鲁迅故居前坐乌篷船到沈园,见到幽廊下紫藤满垂,王笑尘看见陆游向自己走来:"八百年来鉴湖月,夜夜照影尽放翁。"王笑尘,钟情的是陆游的家国情怀。

一个带着古典范儿的王笑尘,自然就会徘徊在李白的浪漫倜傥里,杜甫的悲凉情愫里,陆游的家国情怀里。

二

王笑尘老家的名字很特别、很好听——走马坪村。

不知在哪个朝代,哪个人踏马走过,留下一个这么好听的名字,这恐怕连王笑尘也不知道。

一个村庄是有灵性的,打马走过的人被一个村庄遗忘了,然而被王笑尘记住了。这之前,恐怕至少上千年;这之后,也不知道该是多少年。

被王笑尘记住的走马坪村,就是王笑尘的乡愁之地。

在王笑尘的诗歌里,能看到走马坪这个村庄的影子,一直跟随着王笑尘。

是一棵泡桐紫色的花朵,还是一株茱萸红色的果实?是一条清澈的山涧小溪,还是山冈上一朵缥缈的云彩?这一切,都被王笑尘演绎为自己的诗句。

很多人以为把鞋子上的泥巴抠掉了,自己就不属于老家的那个村子了。其实不是的,在心底,谁也抠不掉从会走路时就粘在鞋子上的泥巴。王笑尘在意识里不想抠掉自己村庄的泥巴,就是在远走他乡的日子里,他也会在诗歌里归乡。

仔细去读王笑尘的诗歌,会读到上世纪六十年代到七十年代台湾诗人那种乡愁的味道。那些诗人是无奈地从大陆到台湾的,他们的乡愁隔着海水。王笑尘的乡愁是直接的,是自己挣扎着要走出故乡的,是可以触摸和返回的。因为王笑尘的村子就在车轮子上,想回走马坪,车轮子就带他回去。

现在说留住乡愁,就是留住一个古老的村落。其实,一个人的诗歌才是能留住乡愁的村落,一行就是一个老屋,一个词语就是一片青瓦。王笑尘的诗歌里,偶尔还能看到走马坪的老屋和青瓦。

三

乡愁与老屋青瓦有关,更与父母的坟墓在村子里的山冈上有关。

王笑尘父母亲的坟墓,在走马坪的山冈上。

清明,王笑尘回到走马坪,给父亲母亲上坟,点燃的纸钱,香火飘荡着乡愁。

中秋,王笑尘回到走马坪,把月饼摆在父亲母亲的坟前,饼香洋溢着乡愁。

特别是农历十月初一,鬼节,王笑尘会把油馍供放在父母的坟墓前,油馍的光泽张扬的,依然是乡愁。

从王笑尘的诗歌和散文里,都能找到王笑尘表达乡愁的直接方式。

让人动容的是,王笑尘到欧洲旅游,写的散文,时不时流淌出自己的乡愁。在欧洲的第一大教堂里,王笑尘祈祷的时候,忽然想到了走马坪,忽然想到了一生操劳勤谨的母亲,睡在走马坪的山冈上——他就在教堂里为自己的母亲祈祷。

一个人不论走多远,仍记着乡村的母亲,记着母亲长满荒草的坟墓,就是记着乡愁。

能把自己对母亲的情感写进诗歌里散文里,就是对乡愁的记载。

一个人的乡愁,是自己的财富。王笑尘把自己的乡愁装订在自己的书页里,这就是王笑尘的一笔财富。

四

王笑尘生在走马坪村,是父母亲十一个孩子里唯一的儿子,父母很是重视他。

在村子里,父母的重视并不能改变他的命运。王笑尘为了生活得体面一些,就要走出走马坪。

走出村子的过程,对于一个农村的孩子来说,就如同《旧约》里的犹太人出埃及。

王笑尘的作品,有意无意地描写了自己的苦闷和奋斗,甚至有青少年时代不屈服的挣扎。

在王笑尘青少年时代的小说里,往往会看到那些挣扎的痕迹。时过境迁后,读王笑尘的小说,不但看到了王笑尘的青少年时代,也看到了每一个从乡村走出来的人的青少年时代。那些带着泪水、汗水和血水的奋斗与挣扎,总是让人唏嘘不止。而回忆并书写这些苦闷和挣扎,也是王笑尘自己唏嘘不止的过程。

王笑尘最喜欢阅读的长篇小说是《平凡的世界》,书中主人公的命运让王笑尘看到了自己的少年时代和青年时代。一个农村的孩子,世界对于他是平凡的,生活对于他是平凡的,而要跳出平凡的世界,有的时候比撑竿跳高跳过十八米还要困难。可以说,在乡村有点志向的人,内心里都装着一个和路遥相同的梦,特别是八十年代、九十年代的农村文学青年,都是一个个小路遥。

王笑尘毕竟跳出来了,毕竟从那个叫走马坪的村子里跳出来了。今天读他那些苦闷时期的诗歌和小说,总会看到一个人总是在平凡的世界里,寻找自己的不平凡之处。尽管这种寻找和挣扎的过程是充满痛苦的,但王笑尘的寻找与奋争却总是充满了浪漫与诗意。用他的话说:峥嵘岁月,无怨无悔。

五

生活不会亏待每一个为生活尽心尽力的人。王笑尘为自己的生活尽心了、尽力了,生活给王笑尘的馈赠与他的尽心尽力是成正比的。

王笑尘当下写作的时候,却不善于或不想写出自己今天的生活和心境,更多的是对生活的回望与品味。

他在回望之间,会看见一树落花和墙脚掉落的一枝蔷薇,会看见落雪的屋檐和暮春的紫藤,会看见渐行渐远的青春,会听见寺庙的晨钟暮鼓,会看见一片叶子诗意地栖居在树上,会看见秋风里低回在微波荡漾的水面上的鹬鸟。在看似平凡的世界上,诗意如同秋雨,在王笑尘的笔下弥漫和氤氲。

当然,最让王笑尘感慨的,还是那些让他回望再回望的童年:

多想再看看炊烟

多想再抚摸童年

因为转身

转身

已是中年

时间就是这样溜走的,在生活的奔波中,甚至在自己的一行诗句里。王笑尘在诗歌里,已经看到了时间的车辇在地平线上远行。因此,他有些孤傲和狂狷地说:"生活本就应如此畅快奔放。"

王笑尘的诗歌是慢的,生活是快的。这就是平凡世界里的不平凡。

六

王笑尘至今还有点儿民国时期的文艺范儿。

他的诗歌和散文，会让你看到他系着一条蓝色的围巾，走在上世纪二十年代末的苏州或者上海，和他同行的是雨巷诗人——戴望舒。

文学是可以传染的，也是可以隔代传承的，犹如李白与陆游、杜甫与龚自珍、李贺与海子。哪怕你是最当代的人，写作的时候，你的身边或许站着的就是戴望舒和徐志摩。王笑尘就是如此："五四"时期的文风深深刻在他的诗歌和散文里，唐诗宋词的永恒魅力深深刻在他的诗歌和散文里。

在青少年时代，王笑尘所能阅读的，被他记忆了，被他消化了；他写作的时候，青少年时代的阅读与记忆，在无意中帮助了他，滋养了他。

王笑尘的散文《千依故事》，带着泰戈尔那样淡淡的忧伤和凄美，也带着冰心"五四"时期散文的清丽和优雅，更带着当代文人琼瑶三毛的唯美与挚诚。从《千依故事》里，能读出王笑尘内心最柔弱最纤细的那一部分，也能读出王笑尘内心里隐藏的斜风细雨式的温暖，读出尽管三春过去草长莺飞之后，蔷薇落地被捡起来时的那份温存与缘分，更能读出戴望舒在雨巷里行走时带着惆怅与迷失般的温柔。而这些温暖、温存和温柔，使王笑尘的散文有了醇厚的温情与禅意。

读王笑尘的散文《千依故事》，你才理解世界上的万丈红尘里，还有另一个禅意的、不一样的王笑尘。

七

"百啭无人能解，因风飞过蔷薇。"黄庭坚能理解的，多少年、多少代,王笑尘也理解了。飞过蔷薇的风和鸟鸣,无缘无故的黄庭坚理解了,后来无缘无故的王笑尘也理解了。

过去的王笑尘,是个风尘仆仆的王笑尘,是个匆匆忙忙的王笑尘,对于黄庭坚这样很静很禅的句子,王笑尘的理解也可能是匆忙的。到了今天,风尘仆仆之后,王笑尘能够找点儿时间坐下来,想想黄庭坚的诗句,也是很纯粹的。

现在,王笑尘生活在红尘里,对于尘世上的事情,有自己独特的理解。但是,能在万丈红尘里,拈花一笑,或是微微一笑,也是王笑尘自己的一种生活方式——并且在红尘里打拼之后,还能坐下来写文学的诗歌、小说与散文,也是一种微笑着生活的态度。

在红尘里,微笑是一块金子。王笑尘能在商旅生涯里微笑,是一种机敏和智慧;能在文学的殿堂里微笑,是一种从容与情怀。

王笑尘拥有了这样的微笑,就拥有了自己生活里金子的基因。这样的生活与生命,是不会贬值的。

此七节,谨为序。

2016 年 11 月 7 日　农历丙申年立冬日

于西峡

目　录

旧体诗

散文随笔

新体诗

那花儿

那花儿
怕被我看见
躲在叶子后面
让容颜隐藏

那花儿
怕被我摘下
违心变作玫瑰的针刺
使我很受伤

那花儿
怕我懂她卑微的心事
化成深秋枯黄的样子
使我落寞
直到绝望……

2015 年 8 月 22 日

夜月亮

我看见池塘里碎了的月亮
就像看见你瘦了一圈的面庞
我抚摸到了这秋夜里露水的清凉
多想送你一件秋天的衣裳

2015 年 8 月 27 日

断章·母亲

三月的白云飘走在瞬间

我送走了母亲看见了蓝天

而母亲啊

真的永不能与我再相见

2016 年 2 月 5 日

于孝感

这雨后的夕阳

这雨后的夕阳
也显得有些潮湿
像此刻谁的心
像天边哪朵云

走在小石径上
石径不再滑溜
草儿悄悄地说话
柳树湿着头发站在那儿
看着我回家

已经是秋天
已经是秋天
我已听不见蝉鸣

2015 年 8 月 23 日

夏天就这样去了

夏天就这样过去了

热热闹闹

又匆匆忙忙

春天的小鸟

长硬了翅膀

也要飞走了

2015 年 8 月 23 日

落叶是想念的姿势

在这个初冬的雨天
这个熟悉又陌生的城市
熙熙攘攘的红尘中
一片梧桐树的叶子凄然飘落
带着对大树枝头的眷恋
带着对根回归的深情
犹如眼角的清泪
零落,只因炽热的思念

叶子飘落的姿势
怎不是眷顾的问候
似乎是轻声细语的呢喃
冬天来了,雨雾又这么浓厚
开车慢点儿
记着添衣服
有人想你
真是幸福

2015 年 11 月 6 日

初冬雨中

大日头有什么怕的

大日头有什么怕的

你在天上晃得刺眼我也不怕

你让我洗免费的桑拿我还要感谢你

我春天种下的银杏树照常生长

我少年时做下的梦正在开放

我照常忙忙碌碌

即便是不忙

也自找些不让自己消停的事

比如爬海拔 1665 米的五朵山

比如跟相好喝 57 度的老白干

再比如读李商隐和陆游的诗

可别以为读诗是件清浅的事儿

可费脑子了

更要命的是还费感情

读诗不带感情

就像谈恋爱不带感情一样

是没有滋味的

也显得不够正经

别说对不起诗和姑娘

也对不起这白花花的日头

说日头咱不说太阳

您就该明白了

日头日头

多形象又多么幽默的名词啊

可我不怕你

亲爱的日头……

2016 年 7 月 26 日

雨好大

——雨中打油

雨好大

下班回家

开宝马

自己挣钱自己花

银杏树高大

风雨中挺拔

去年冬天亲手栽下

枝叶招手笑哈哈

种树栽花

风雨烈日不怕

记得前期市场做调查

想女儿啦……

2015 年 7 月 15 日

南阳中心城区孔明路银杏大道行驶中

好高大的法桐树啊！

这是在去年法国巴黎街头之外

再看到的最高大挺拔的法桐树了

又想起 50 年前河南的花工们

匠心独具的园林同行

最能理解伟人的胸怀

最善于养护植物

用朴素的双手

在黄河之滨的迎宾馆

肥沃的黄河泥沙里

种下这不远万里

来到中原的法桐树

看哪

他们在与白云握手

同黄河对话

挺起伟岸的身躯

向伟人致敬……

2015 月 7 月 11 日

生命本就应如此畅快奔放

不要让生命久违了应有的奔放

在这端午节前一日的中午时分

独自一人驾着我白色的宝马

犹如古时候将军驾驭驰骋的汗血宝驹

飞驰在宽广的沪陕高速公路上

阳光是如此明媚

路广车稀，五月天气

听着许巍的摇滚

一点儿都不比汪峰的差劲

索性飙他个 180 迈！

不就是罚款吗？

罚款就罚一次吧，罚了再挣，

又能如何！

生命本该畅快淋漓，奔放无惧

怎么好像久违了本色的原动力

不能总是瞻前顾后，抑郁彷徨

索性拍几幅高危照片与亲爱的你分享

或者您也可以视作我佯狂

那是你的权利，随你怎么揣想

而此时的我

只感觉到了自己 20 年前的心脏……

2015 年 6 月 19 日

你活着

你活着

爱你的人会很欣喜

要好好地活

你活着

恨你的人会很痛苦

要好好地活

你活着

风吹来的时候会经过你的窗户

你活着

雨飘落的时候会预先滋润你的坟墓

你活着

母亲唤你乳名的声音还能听到

你活着

父亲打你屁股的疼痛还能记得

2015 年 6 月 2 日

抱柱信的女子

从前有个故事

讲到一个守信用的女子

男朋友约她晚上到

村外桥下的柱子边约会

她早早地去了

男朋友没有来

她就等呀等

夏天的夜晚天气好变

就像有些花心男人的心

结果就起乌云了

结果就下起瓢泼大雨了

结果就发洪水了

可男朋友连影子还没出现

能撤吗？她想

不能，明明约好在这根桥柱下见面的

他说他有好多知心话要对我说

我也有个小秘密想告诉他

响雷要下雨他肯定知道的

下雨要发洪水他肯定知道的

发洪水了我也会不见不散他也是知道的……

哎哟，水都没到胸口了

我怎么像头回见他那样

心口发慌跳得厉害呢

走吧,赶紧逃吧

要不就来不及了……

不,不会的

他一定知道我在这里等他

他是男人嘛

男人都是顶天立地的君子呀

君子一言,驷马难追的

说不定他是被朋友劝酒脱不开身

要是有手机多好

有手机他一定会告诉我一声甚至向我道歉的

对了,说不定他正编了个谎话

撇开反对这门亲事的母亲

正往这儿奔呢

他要给我一个惊喜

说他那老顽固的母亲答应了

答应我做她儿媳妇了

说不定还要给我预备两只耳环、一对镯子呢!

这下好了

我可以跟那心上人

过亲亲热热的日子了

怎么有土渣掉到脸上

是桥要塌了吗?

怎么怀中的柱子也开始晃动

抓住我,抓住我

亲爱的

这是你的胳膊吗？

你坚挺如柱的脊梁骨吗？

我得紧紧地抱住你

带我回家吧

你看我的衣服全湿透了

我的胸脯胀得难受了

不信你摸摸

我快挺不住了

带我回家吧

你说全村的女子你就爱我一个你说过的

好，我们回家

我们回到那半间茅屋

漏雨我不怕

只是那床上要换一条崭新的白床单

我要在新婚之床证明我的贞洁

我会纺花织布

我会烧好吃的茶饭

我会给你生一堆一堆的孩子

只要你抱紧我

有些呛

是眼泪

哦，哦

你怎么也哭了

你也难过吗

怎么不是你

分明是你约我来的呀

洪水也来了

是你让它来的吗？

是你让它来考验我的吗？

我不用考验的

真的不用

不信呀

我就证明给你看

当天亮水消的时候

你会后悔你的考验

你会为我而痛苦的……

桥怎么也走了

柱子怎么要飘起来了呀……

2006 年 2 月 4 日晚 10 点半

让我拿什么爱您，母亲！

尽管月季花开

尽管娑罗摇曳

而您早已离去

在微风吹拂白发的回眸间

渐行渐远……

在这个舶来的节日里

让我拿什么爱你

我的母亲！

唯愿遥远天堂的您

吉祥，平安……

2015 年 5 月 10 日

见证一片叶子的诗意

如果你看见了

一片叶子生长的轨迹

无论秋风或者夏雨

那其实都是一种诗意的栖居

那么我,真的

真的好生欢喜

因为你读懂了

一片叶子饱经风霜后

童真不泯的诗意

如果你看见

一片叶子萌生之后的

青涩与绚丽

那是你

那是你在我心中的样子

当年种下她时

随风摇摆的迷茫或者希冀

如今都成就为传奇

犹如今晚荡漾而来的

静谧与诗意

让我怎么能不说一声

说一声

谢谢你……

2014 年 11 月 16 日

于郑州

秋风已凉，该添衣裳

秋风已凉，该添衣裳
大雁飞过菊花黄

清晨即醒，听窗外秋雨敲棂
忽然想起二十多年前那个秋天
写下的这些诗句
那时我还是个卑微的乡村教师
拿着三十元的月薪
听着崔健的《一无所有》
想着远方的朋友
做着无边无际远大的梦⋯⋯
而此刻，真的恍若隔世⋯⋯

故乡苍莽的山上
枫叶又多情地红了！
她多么期盼我们能抽出点时间
再回去看她一眼
带上来自远方大上海的朋友
因为一年四季的三百六十五天
她临风沐雨
就为这最惊艳的一瞬间

呈在你我的眼前……

2014 年 11 月 5 日

只因以前懂得太少

只因为以前懂得太少

才出来学习

越出来学习

才觉得自己以前真的懂得太少

你看这只猫

蹲在深圳宝安机场旁边的小店里

眯着慵懒的媚眼

多么优雅

似乎在对我这个好奇的中原人

微笑鼓励

想想以前的自己

也曾饱读诗书

自以为上知天文下知地理

出来了,才知道那不过是

囫囵吞枣

也曾经舞文弄墨、著书立说

出来了

才明白那不过是

粗制滥造的自言自语……

当你觉得自己懂得太少的时候

当你觉得自己困惑到无法呼吸的时候

当你渴望完成生命中最初梦想的时候……

亲,请你背起行囊

与我

与你的梦想一起

踏上充满瑰丽风景与极限挑战的

征程……

2014 年 10 月 25 日

于深圳

致自己渐行渐远的青春

回到西峡
回到西峡
回到阔别一个半月的家
左边桂花,右边菊花
月季见我乐哈哈

带孩子逛逛书店
去老地方理了个发
见老领导打了声招呼
给老朋友去了个电话
——好久不见心牵挂!

灌河边再找一找那惊鸿一瞥的白鹳鸟
寺山上再听一听那梦中萦绕的暮鼓晨钟
想探访那位有名的老摄影家
才忽然想起他已离去
想爬爬城东外的土门城
才蓦然记起它早已坍塌

怅然若失间已经夕阳西下
遛了个弯回到温暖依旧的家

夫人准备了六个菜一坛酒为我祝寿

孩子们句句祝福夸得我面若朝霞

吃一碗热腾腾的长寿面

喝几杯温绵绵的老黄酒

醉眼朦胧间又一轮

似水年华……

2014 年 10 月 18 日

故乡的泡桐花开了

故乡的泡桐花开了
我在远方忙碌着
忘记了她如花的容颜
在期盼一个人的回顾

故乡的泡桐花谢了
落满曾经捉迷藏的泥土地
也飘落在从城市开回来的
宝马车身上

泡桐花开了又谢了
让两不相干的农产品和工业品
偶然又必然地亲昵着
一个怀揣诗意与梦想的游子
忽然间就闻到了
乡愁的味道

2016 年 4 月 25 日
于伏牛深山野云斋

香烟恋上了手指

香烟恋上了手指

手指却把香烟给了嘴唇

香烟亲吻着贪婪的嘴唇

却把内心悄悄输送给了肺

多情的肺以为得到了香烟的真心

却不知正无声地伤害着自己！

是手指的背叛成就了烟的多情

还是嘴唇的贪婪促成了肺的伤心……

我不知道，谁能明了？

人生如烟

岁月无痕

烟自多情

却把自己燃烧成灰烬……

2014 年 4 月 13 日

从明天起

从明天起

要改一改贪睡的习惯

清晨即起

洒扫庭院

要向着朝阳跑步

向太阳问一声好

是他清澈了我的眼睛

从明天起

要定期约见一个老友

尽管他现在也许有些落魄

但我忘不了那些年少的岁月

我们高谈阔论

是理想支撑着

尽管跋山涉水，一路坎坷

仍然唱着梦想的歌

从明天起

要过一种有节制的生活

香烟和美酒

掌声与花朵

其实都有毒害的一面

真的不可享用太多

要记得淡泊以明志

要相信一句古训

嚼得菜根,百事可做

从明天起

要给爱情取一个别名

并且只能铭记于自己的心窝

要学会微笑

就算心被带刺的蔷薇扎破

要学会放弃

得与失,舍与求

其实都是一种人生哲学

从明天起

要向万物致敬

皇天与后土,爹娘和馒头

遮蔽望眼的乌云与森林

开阔胸怀的大海和高原

还有美洲狮和甲壳虫

长颈鹿与食腐鹫

生生不息的万千景象

都在诠释着一个永恒的道理

什么叫活着

2010 年 2 月 1 日

于南阳航天宾馆

空山

空山不见人

但闻人语响

那一天我独往空山

寻一幽处枕石而眠

醒来不知身在何处

亦不知身处何年

恍惚间忆起古往之时

曾有人避秦之乱

遁入碧溪桃源

而今则逢太平盛世

哪有人向往寂寥空山

桃源无路

问津渔郎已不可怕

虽说有萧萧之风掠过枝叶

有婉约之音拂过耳际

尚有人能耐此寂寥

为问古松

可有童子来

1990 年 7 月 10 日

于伏牛木屋

空意

是不是偕你走入这片空山

梦中你是否到过这个地方

那一年夏天我入山而居

依山傍水搭一间木屋

然后植一株野桃,挖一泓溪水

梦一弯新月,如你纤纤之眉

有人告诉我只是早晚而已

你将无声无息乘月而去

但我并无追月之意

竹林在木屋前很潇洒

萧萧之风自远方而来

溪水潺潺,思绪也潺潺

我尝过那都是清凉风味

你穿越过竹林小径的姿影清晰如痕

你的裙裾你的气息

使竹林茂密了很多个季节

后来下雪了

那一年冬天的雪好大好大

竹林成片地倾覆

次年夏季

竹子开出浅色的小花

我独居空山
看山老人指点我
凝视
而后忧伤
而后淡淡地走开

我住在木屋
木屋破败不堪
爬满缠绵的青藤
石桌石凳和原始的绷床
都是我古老的情人
我记得我是个年轻的看山人
我知道的很多
山、水、竹子、树木
和太古的石头
认识这些我走了很远的路
走了很远的路之后渴望宁静
梦中总有骑鹤的仙人飘然而至
醒来就呆望山头闲云
含情的鸟儿长鸣不绝
总撩人尘世的思绪
寂静中听松子回归落叶的声音
才把一种呼唤平抑心底
我知道岁月虽如石头般冷漠
当多年以后倦旅归来
应是皓首的老者
但那时童心犹在童颜犹在

自然不负青山秀水

只单单难为了那株桃花

为我整整寂寞了一生

1990 年 7 月 10 日

难入空门

我只能用这样一种空白方式

表达对你的感受

我独行于遥远的山中

走不完的阡陌古道

竖立横卧的山脉

是一种古老不变的意象

你走入我的视野

化作一抹淡淡的橘色云

漂泊成一抹苍凉的情绪

苦成一枚衰老的松果

清闲的日子

云淡风轻的午后

孤眠于松下的岩石上

任闲云野鹤与黄鹂鸟

奔来走去地游戏

想起远古的高士

总又无缘无故地惭愧

高士们都隐在山林里

与世无争，笑看天下

而你却思绪飞扬

又终难忘世外仙姝的寂寞

难净的六根

斩不断的情丝

使你难入空门

1990 年 7 月 10 日

于伏牛木屋

有赠

那一年的那一天有多少个

每次回首

都有不堪之意

我在读书

或是耕作的时候

心境很平静

无谓的事情丢在一旁

那天你有信来

讲你无尽的烦恼

我寄去一纸空白

却不见回音

不知你是否领悟了

它的含义

1990 年 6 月

于野云斋

独处时有种真的感觉

我独自在上海

在一家酒店的

一个角落

一盘菜

一碗汤

一瓶酒

一个人

自斟自酌

酒瓶和我相视而笑

点一支香烟

吐一缕云雾

发一声叹息

对自己的心说

独处真好

因为此时有种

真感觉

2006 年 11 月 22 日

于上海

读诗有时会很心酸

也许不会有人相信

读诗有时会很心酸

那么美的东西

应该是赏心悦目的

可事实并非如此

有时为一段往事，有时却是

来自心底的悲凉

也不全为自己

你都弱不禁风了，还要为那

吹你的风、湿你的雨拍着巴掌

为嘲笑你的叶子

无端忧伤

如果你结识过真正的诗人

读过真正的诗

会明白诗不是全用来歌颂的

一些攥不住的风和雪

抛不掉的人和事

会在你读诗的时候，不经意间

让你鼻子发酸

2008 年 7 月 22 日

我喜欢天涯孤旅的寂寞之美

如果我死了
请你相信我还活着
我会特意行过你的家门
我的呼吸
就是你家门口那棵香樟树
氤氲的薄雾
因为我喜欢
那如梦似幻的烟影
正合我此时天涯孤旅的心境

如果我醉了
请你相信我还醒着
我独自品尝着
上海老酒的味道
就如独享着你玫瑰样的热唇
我就是你窗前的那株
疯了的红枫树
火红似彤云
令人无端癫狂
尽情燃烧
化成灰烬

却情愿无话可说

如果我老了
请你记住我年轻时的容颜
我喜欢天涯孤旅的寂寞之美
二十年前我写的诗
被你虔诚地收藏
二十年前我们的孩子
被你深情地养大
如今他们都静静地
活在空气里
生成大漠烟直的模样

此时寂寞与我和酒杯空对
犹如马骅与梅里雪山的晶莹空对
但我真的好喜欢
在一次次天涯孤旅的跋涉中
看澜沧江去，钱塘潮起
看花开花落，死而静美

2006 年 11 月 22 日

于上海

树木谣

香樟树生在南方
蒙古栎生在北方
香樟树的叶子是绿色的
蒙古栎的叶子是红的

茱萸出深山阿
木瓜生农家隈
玉兰生高山岗
娑罗树生佛门

茱萸开黄色花
茱萸结红色果
遥知兄弟登高处
遍插茱萸少一人

玉兰唱思乡歌
娑罗树念般若心经
投之以木瓜
报之以琼琚
木心为实
朴实莫过木瓜心

2005 年某个秋日

三秋树景

如果说风的家是空的
那么我的心是实的
如果说鸟的翅膀是飞翔的
那么我的心是用来爱你的
如果说花的泪是苦的是辛酸的
那么我的泪是甜的是幸福的
如果夕阳的驿站是山后的黑暗
那么我的归宿是你疲惫的臂弯

谁说风逝了不会再起
谁说花谢了不会再开
谁说白天不懂夜的黑——
删繁就简的三秋里
我就是你最浓抹的那一笔

向玉米致敬

我在五月的田野
跟一位老农种玉米
三天玉米就发了芽
五月里持续的干旱使土地龟裂
玉米卷起两三片嫩叶
同烈日对抗

七天过去,梧桐树硕大的叶子
开始发黄,我开始担心玉米能否扛下去
老农说甭操心,它不会死的
它白天闭合的叶子,会在
夜里张开,吸纳水汽

两个星期过去,三个星期过去
七叶树佛掌似的叶子已干枯了一半
玉米也没能长高
但仍顽强地活着

终于熬到了雨季
玉米张开所有的细胞,吸足水分
疯狂生长

有萤火虫的一个夜里
我又去看玉米,听到田野里
玉米噼噼啪啪的拔节之声
犹如我嘎嘣作响的指关节

老农蹲在田埂上抽旱烟
我看见玉米婆娑的宽叶子
在萤火和烟火的明灭中
翩翩起舞
挺拔的玉米棒子纷纷雄起
如坠着红缨的长矛刺向原野
一个声音在说话:
给我一片土地,还你一个奇迹
向玉米致敬

2008 年 7 月 22 日

花儿谣

花开了
花错了
花无果

花开在春露里
笑在春风里
谢在秋雨里

花病了
花错了
花无果
花错在相识里
病在相思里
枯在离恨里

花开了
花错了
花无果

花开了,蕊太远
花错了,心太远

花无果,你太远

2008 年 12 月 31 日

秋意洛阳

没有爱意的感伤
你不会感受到真正的秋天
我翻过巍峨的伏牛山
蹚过古老的伊河水
到古老的洛阳去

伊水从南山来
洛水从西山来
洛阳在洛水之阳
在伊水之阴
我在你坚实的脊背上
你在我疼痛的心坎上

我看见叶子的颜色
是由夏天变来的
伏牛深山人家的玉米
是秋天最好的比喻
我啃着喷香的玉米棒子
听满树灯笼似的红柿子
讲关于洛阳的古老故事

到洛阳来
洛阳在黄河之南
在伊洛河之北
我在你含黛的眉际里
你在我深邃的眸子里

2006 年 9 月 19 日

于洛阳途中

秋意西安

你前脚从西安走

我后脚到西安来

西安的天很远很蓝

云彩却显得孤单

渭河的水很浅很清澈

就像此刻的我

朋友说陪我到终南山去玩

我总顾虑这个伤感的名字

有种有去无归的感觉

有心给你打个电话相邀

却深感这个失之交臂的

秋天故事

是尘世中有缘无分的

最好诠释

想想就算了

我知道这是

莫测的天意

2006 年 9 月 20 日

于西安

秋虫心事

秋风又起的时候
我躲在叶子的后面
黯然地想你
唧唧是思念的短波
月亮在天上
我在叶子的边缘
望着月亮的弯眉
想着月亮的故事
一时肝肠寸断

秋叶的水汽凝成水珠
凝成几滴芬芳的桂花雨
浸润我苍老的睫毛
我竟然哭了？
想象着多年以来
彼此守望的地方
竟成了一片难舍的诗意

经历了太多的沧桑
我们却没有孩子
如今秋风又开始凉了

秋叶也在改变颜色

不久就是冬天

我知道我是一只秋天的蝉

躲在最后的秋夜里产卵

之后我就要飞到月亮之上

荡我悠闲的秋千

当仲夏来临

夏花再度绚烂

我唧唧的短波

接收每片叶子长出的思念

那时你会在哪里

而此刻夜凉如水，瘦月如钩

我一时肝肠寸断

2006 年 9 月 9 日

冬夜(三首)

有人想你真是幸福

在这很长很长的路上
人群拥挤不堪
唯我寂寞

你在的地方我看不见
你的衣裳隐去了颜色
都怨这冬夜
此时你在哪里

落雪啦,我想对你说
有人想你
真是幸福

走出家门想家

落寞的情绪苦于说不出
走出家门想家
高楼大厦都是别人的

不只是想你,不是的

你的手很凉,家是热的
红绿酒喝下去也是热的
快要回来了,快了
冬夜里风是寒的而你是热的
一种情绪似泪堵胸
想流也流不出

灯塔固然不灭

谁能让你知道
我的一切苦难都为了你、源于你

十年,无数个寒暑春秋
孤灯下读你念你
你诱人的光晕
我朦胧脆弱的季节
而今冰冷冷地硌人

告诉我,灯塔固然不灭
你引我去的地方注定是地狱吗?

1990 年 1 月 17 日

于旅途中

原稿

客心洗流水,余响入霜钟。

——李白《听蜀僧濬弹琴》

你不知道
我知道
那些原稿
被放在古色的线装书里
那里有一幅梅花
都一千年了
他们说要一起
慢慢变老

你不知道
我知道

谁能相信
传说中的故事
会在灯红酒绿的今晚
重新上演
那些原稿都落满尘埃
有谁依然能闻到

幽远的墨香

你不知道
我知道

客心如潺潺的流水
在你我的心头
驻成三秋里清涧银挂的意象
疯了的五角枫树的叶子
红得让水边鸟
伤心欲绝

告诉我
怎样才能求得一种技巧
能让我把那浓浓的原稿
从容抹掉

我不知道
你知道？

2006 年 1 月 26 日

童年印象

想象中的世界

是在很小很小的时候

水底的石子细碎

如细碎的往事

幼稚童身从未留下

背影的印象

一点一滴地

就淡忘了

目光第一次懂得投射

射线锐利

穿透的何止

千万颗心脏

没有窗帘

没有窗纱的百叶窗

犹豫地开启

无声无息地

世界涌进来了

可曾知道

黑睫毛长长的时候

世界亦有倾覆的危险

紫色花蓝色花

隐居于捉迷藏的角落

吹号角的黑石

在爆炸声中粉身碎骨

骨碌碌从草地上跃起

负重的鞭子悠然抽来

痛苦无奈地昂首

哭也不是笑也不是

怀也不是念也不是

哦哦!

温馨依然是

我的童年

1989 年 4 月 6 日

于伏牛木屋

另一记忆

翻过那一页

记忆不是清晰了而是模糊了

怀念的泪痕犹在

却无从知道那泪飘洒于

哪一个季节

目光无言

欢声笑语隐匿于黄昏背后

困顿之夜暗无天日

无奈的泪痕闪烁着清泉般的明净

三月四月的明媚春光

亦不记得了吗

独草木青青

有枯还荣的季节轮转

可曾有四季风温柔地掠过

可曾有木石在冬雪中醒来

沉默中无数次思你念你

泅湿的记忆依然依稀

另一记忆

1989 年 4 月 6 日

于伏牛木屋

伤感旅行

痛苦的海盛于心的容器

海水咸咸，泪水亦咸咸

无缘无故的

那棵梧桐树孤独了

有雨的日子

有人忽然从雨中跋涉向你

于是有一种情绪湿漉漉地冰人

又有一种声音在梦中咚咚作响

渐渐地近，又

渐渐地远

走了好远好远的路

有好熟悉好熟悉的鹅卵石

迎接于路面

草木青翠得令人伤心

闭上眼望见涌来的

又一个血色黄昏

乌鸦立在死屋上无助地哀鸣

昏暗覆盖着世界

你走进死屋

难以支撑沉重的头颅

才发觉死屋亦是
孤零的驿站

1989 年 4 月 6 日
于伏牛木屋

霜痕重重

还剑有奇情

我还你什么

一只橙黄的小木瓜

干缩成一只褐色的小葫芦

还你,还一颗心

无色无味无形

那一天你闯进我的斗室

黄头发黑眼睛白皮肤

迷乱我浮躁的心境

而后你迅速长大

梦中不知有人正在窥视

隔一条河流望对岸的沙滩

柔软成一方山水风景

你靠一株火红的五角枫

满树霜叶灿烂迷人

隔一条浅水算什么

我涉水向你,身影纹丝不动

却见一片叶子飘然而至

亲吻,叶子剧烈战栗

双唇染上浓重的秋味
霜痕重重

1989 年 12 月 24 日

于野云斋

雪意潮湿

一阵风潮湿了情绪的天空

接着

雪就落下来了

落雪啦,我说

落就落吧

傍晚的时候我看了看天

几只寒鸦飞来飞去

嘎嘎地叫

老柿树冰冷的枝杈刺向天空

后来就落雪了

雪好大好大

好大好大

丰年好大雪

今天刚好年初一

雪使麦叶蓬松起来

使麦心很沉重

有酒吗?

拿了来喝

雪好大好大
酒好辣好辣

后来在梦里一只雪橇飞来
拉雪橇的
就是那几只
飞来飞去的
寒鸦

1990 年 1 月 27 日

于野云斋

哭坟

瘦瘦的白纸条

飘在你苍凉的坟头

扬起一种季节的凄冷

去年除夕的蓬蒿

在今年的残冬里死去

走来,生成萋萋青草

走不动的你的身躯

是在何年何月何日

走来躺在

这萧萧野外

任尔后多少年想进

却再也走不进家门

当年挽留你的哭声

至今回荡在山谷

你年少的妻子

熬过几十年岁月

头发全白了

还死守在当年的木屋

当年你放不下的儿子

已远远地

走出了这座大山

眼前娇嫩的迎春花
正微微苍翠着你的坟头
当年你住在山野
春天来了
你采撷黄花
插在娇妻的青丝中
当年你宽大的手掌
养不活一家老小
而今你住在麦地中央
可闻到了麦香？

一堆荒冢
在这野外
消瘦的清明的风、清明的雨
都知你寂寞
醒醒，我的先人
你的子孙正坐在你的坟前
静静地怀念着你

1990 月 3 日 28 月
于野云斋

单相思

把种子浸入沸水

希望它发芽

把云雀放飞天空

希望它回家

把石头含入口中

希望它融化

把日记锁进抽屉

希望读懂远方的她

把一壶老酒独自喝下

换得个心事如麻

把老枪夹在腋下

打狼却找不到它

把唐诗宋词嚼碎咽下

十万文字却描不出心中的她

2005 年 9 月 15 日

寂寞的墙壁

我的一生是一幕悲剧
你已走得很远了
当然不愿回头

记得小时候
我总爱画一株梅花
后来长大了
那株梅花也渐渐老去

只是你纤纤的姿影
遗在我芬芳的斗室
连同淡去的梅花
被挂在简陋的墙壁

后来的日子都浸在水里
你淡如墨梅
我心如止水
那梅树却清晰如痕
可谁知墙壁的寂寞

1996 年 5 月 17 日

十年情缘

我们并坐在稻田埂

周身是隐隐的流萤

萤火飞呀

夜如水雾般宁静

我听见你心的跳动

月儿离家升上了天空

悠云的边缘涂上些粉红

看呀

多似这久违的音容

年少的岁月苦她太匆匆

你说你读我寄去的春声

花落的季节哭一种深情

花儿飞呀

跌入这春水一直走向东

有什么挡得住这凄雨冷风

有什么化得开这满面愁容

你说你十年后情怀如水

你说你十年后容颜依旧

听得这水边鸟憔悴伶仃

鸟儿飞呀

栖上了高枝望你的行程

1993 年 8 月 5 日

蓦然回首

其一

那一年你打我门前走过

遗下一枚蔷薇

然后你走远了

走得很远很远

很久以后的今天我想起你

夜很静

泪忍也忍不住

你隐在我深沉的记忆里

走得那么远了

为什么还要拨

那根生疼的弦

那之后你的身影渐渐远去

那之后我舔着自己的伤口

诅咒你

多少年你不发一语

多少年你杳无音信

曾在一次落雪的时候
曾在一次踏青的时候
或是秋风中的野菊瓣上
忽而映起你的点点泪迹

告诉自己
年少的岁月已去
你的身影是否还可
再度清晰

其二

那一些情节
连同几次醉酒后的梦
都封入记忆了
你淡淡地来
又淡淡地去

走在小路上
偶尔几片黄叶飘下来
都使我想起
那个黄昏
夕阳下
你零落的身影

那一年
你用一把柔软的刀子
慢慢捅入我纯真的心房

猩红的热血迸发四溅
刺激我成为色盲

而后夕阳沉入西山
我用泥土和文字
修补了它
可这么多年了
仍隐隐作痛

其三

我走在崎岖的山路上
看层林尽染
听你紫色的叹息
频频传来

为我瘦了的那轮残月
如今仍瘦着
为你空了的那只臂弯
如今仍空着

而小树长大了
我们一块儿栽下它的时候
它并不记得这个故事
你还记得吗

1990 年 3 月 19 日

于野云斋

我该不该放弃对温柔的体验

我总不能原谅自己
每次都放弃对温柔的体验
柔情似水的性格
而水总是要不懈地抹掉
石头的棱角

子夜是寂寞的时刻
水变的迷雾从窗缝间挤进来
窗棂是纸糊的
她多似一种清白的心思
不可摸,不可摸
一摸即破

没人能体味这一切
即便是面对期盼的眼眸
柔情的水,淡淡的紫罗兰
弥漫在永恒的空间
就算你是水
谁又是那棱角坚硬的石头

告诉我

花的心离果实有多远

你的泪离眼睛有多远

我该不该放弃

对温柔的体验

你怎能知道

我怕从前的雨季再来

无意中潮湿了一颗心

使她再也

不能快乐

1998 年 4 月 30 日

你在的地方成一片诗意

我静静地在河沿上放牧

水中有天上悠闲的云雀

我听说每当傍晚的时候

你住在这条河的另一个岸边

甩开小手打好看的水漂

你的水漂才打了几个

石片就沉下去了

那里牧牛的孩子

总调皮地笑你

我想起当初在我的眼里

你是个娇羞的村姑

你纤纤的小手

和浅色的头发

曾使我欣喜不已

而今我想象着

你在的地方

已成了一片诗意

1998 年的某个秋日

于野云斋

花的泪没有滋味

为赋新词的愁少年
已走得很远了
那条羊肠道上留下
满是伤痕累累的标点符号
深深浅浅,停停顿顿
没有对的,也无所谓错

谱的曲都能唱下来
词却没有新意
折花的时候怎么没想到
日后有一天
总有一人要落泪呢?

雨过了以后才体会到
原来花的泪没有滋味
花的瓣也没有颜色
全都是清一色的风景
全在你怎么看

苍凉的你独坐在堤岸上
看微风吹皱一池春水

水里有寂寞的鱼在游
他们亲密地融在一起
却是根本不同的两码事
就如那些伤心的故事
和编故事的人

1998 年 4 月 30 日

麦子青时想你

有雨的夜

似乎一直在触摸窗的玻璃

手指多柔啊

是不是也在感觉一种寂寞

你曾端坐的那张椅子

此刻正端坐在我的面前

还是那些娓娓动听的话

还是那些新奇的提问

问号多像发丝后面的耳朵

偷听一种不该有的心思

到现在还缠绵

麦子青时想你

思念憔悴成今夜雨中桃花的颜色

痴痴守望麦子的金黄

当麦子黄的时候

你是否会像麦丛里的黄鹤鸟

在我不经意的心间

扑棱棱地

再次起飞

1998 年 4 月 30 日

孤独的骡子

骡子很孤独是因为骡子很犟

它骨架很雄壮却没人叫它马

它不服气

它总是驮很笨很重的山货

走很陡很峭的山路

它也曾梦想奋蹄驰骋却没有机会

到达旷野

它更想不到即便在草原

也没人愿意骑上它去放牧

或者迎亲

骡子很孤独据说是因为

名声不好

它总是被当作骂人的代名词

广泛使用

——你情愿别人称你雄鹰

骏马或老黄牛

但情愿别人叫你骡子吗？

我想你不情愿，尽管你也

说不清

这里面的理由

不情愿的不光是你
孔子也是

骡子很孤独是因为骡子没有
爱情
它见过自己的母亲却不知道
父亲是谁
它一落地就被剥夺了性权利
丝毫没有商量的余地
这一点它连驴都不如
尽管它具有一副惊世骇俗的
性器具
却注定一生没有性伴侣
无法繁衍子孙

骡子很孤独是因为这些
它也意识到了
它先是很孤愤,然后郁闷
后来就死心了
它吃最粗糙的食料,干最苦的活
偶尔也尥尥蹶子,喷几下粗大的鼻息
昂头嘶鸣两声,晃晃
开始斑驳的鬃毛
望望山尽头的路

2008 年 7 月 23 日

烧饼

烧饼是用面粉做的

所以它能充饥

不过有鱼有肉的日子你不会想到它

烧饼是用火和铁烧出来的

所以它很耐饥

它在你胃口最旺盛的岁月

供给你最宝贵的营养

烧饼的脸是圆的

皮色是黄的

并且偶尔有几个烧煳的斑点

烧饼踏实地躺在铁锅上被翻来翻去

却从不掉泪

烧饼的心是实的,很憨厚

它总是被一层层摞起来,风干了

也不抱怨

你看它多像

咱们的父亲

2008 年 7 月 22 日

想起朱湘

朱湘投水而没

五十年

浮起一本书

《现代诗人朱湘研究》

朱湘说

多余

朱湘很小心眼儿

朱湘爱跟人闹别扭

朱湘想跟人恋爱

可不敢

他说他已经

做了两个孩子的父亲了

朱湘大约比我还穷

他常跟嫂子借钱

嫂子给了他钱

他就买了张船票

永远地回湘江老家去了

老家有什么留恋呢

惹得夫人

削发为尼

子女双双

早离人间

真正的诗人有什么用

中国的济慈有什么用

都已

太晚

五十年后

披一身绿藻出水

看当今诗坛

太热闹

又回身潜入碧流

岂不知

还有诗人凄冷

正如你当年

1989 年 7 月 7 日

于野云斋

马骅印象

我是从《南方周末》上
知道马骅的
我是我们那个县城唯一的订户
县城有 42.3 万人口
时间是 2004 年秋天的一个
夜里
那时马骅已经死了
死在水里

记得七十年前
一个叫朱湘的诗人
也是死在水里的
不同的是
朱湘是自愿到水里去住
拦也拦不住
而澜沧江
却是把没有思想准备的马骅
过于仓促地接了回去
多好的一条江
至今却受着世人的埋怨

马骅是高才生

有复旦的背景

却跑到澜沧江边的一个山村里

做一名不要工资的乡村教师

他是爱梅里雪山的雪吗

他是爱澜沧江里的水吗

还是他内心高尚

怜惜那些偏远山区里藏民的

孩子

自从马骅来过

梅里雪山和澜沧江

少了几分悲凄

多了几分诗意

马骅是个诗人

我也算是半个诗人

但我现在要拼命挣钱

当我挣了足够多的钱

我开上一辆性能更好的越野车

到那个叫月明村的地方看他

在他轰然入江的地方

向滔滔的澜沧江

投一首祭奠的诗

我不知道云南是什么样子的

我居住在莽莽的豫西山林里

我不知道梅里雪山的雪

是怎样的洁白
我居住的地方只有冬天有雪
但我知道是澜沧江接走了
我们的马骅

我不知道大学是什么样子的
我居住的那个村子太穷
没有足够的钱和粮食
让我走进大学的校门

但我想如果有机会
我也要去澜沧江边的藏族小村
住一段
给那些贫困可爱的孩子
当一回语文老师

2006 年 2 月 7 日

谁捡了我的叹息

谁在我老家的水井旁

捡到我的叹息了

它是水滴样亮蓝色的

那天我口渴难忍

垂下吊桶想打水喝

谁知那口泉涌了千年的老井

竟干涸了

我不小心失落了它

至今也没找到

如果有谁捡到

请与我联系

我用一打农夫山泉酬谢

谁在我凌乱的书屋里

捡到我的叹息了

他是蜡梅样古黄色的

那天我翻一本发黄的线装书

查找一段古香的文字

不想被一条住在书里的虫子

蛀空了

我不开心就失落了他

至今还没有挂失
如果有谁捡到
请与我联系
我用一幅宋代米芾的字画酬谢

谁在通往我庄园的乡道上
捡到我的叹息了
他是夕阳一样的血红色
昨天我开车去我偌大的庄园
打算为自己寻一块墓地
谁知那里全被开发成了别墅
也没人和我打个招呼
我一生气就失落了他
至今也没有找到
我还没有挂失
如果有谁捡到
请与我联系
我以一块乾隆皇帝都看好的风水墓地酬谢

2006 年 2 月 4 日

谁在云端笑我

我在密密的橡树林里行走
地上满是橡树的果实
橡树是壳斗科的
果实嵌在半圆的橡壳里
橡壳像鲁迅叼的烟斗
能长出烟雾般的橡树
橡树的果实能吃
据说抗日英雄杨靖宇都吃过
我拾起一颗扔进嘴里
苦涩立即充满口腔
我呸呸地连吐几口
为自己这个愚蠢的举动生气
这时我听到一阵哧哧的笑声
不知谁在云端笑我

森林里静悄悄的
橡树的叶子堆得很厚
稍一停顿就找不到来时的路
因为橡树的果实和叶子落得太快
脚步来不及蹚开
就又盖住了

我知道我已经迷路了

忽然一泡尿憋得我难受

我想撒一泡尿,松一松绷紧的神经

趁机用书本上学来的科学方法

在见不到太阳的森林里

辨一辨方向

我刚掏出器具准备撒尿

听到一阵咻咻的声音

我小心地环顾四周

连风的影子也没见到

不知谁在云端笑我

一条蛇从橡树金黄色的叶子里

钻出来吓我一跳

她有一身红白相间的花纹

在橡树的黄叶堆里很惹眼

她吐着性感十足的舌头

挺起秀颀的颈项

跳舞般向我游动

我分明看见她玲珑妩媚的眼珠

贪婪地盯着我的器具

你真好色

我说,我笑了

你这条美女蛇

这橡树林里可没外人

要来就大胆些吧

别弯弯曲曲、窸窸窣窣地烦人

我想等我把这泡尿撒完
就引她到一个比橡树叶子更厚
更柔软的地方
干一些过瘾的勾当
最好能背靠一棵粗大的橡树……
却听到一阵哧哧的声音
我抬头看那高入云天的橡树
橡树上的果实和叶子已经落尽
不知谁在云端笑我

2006 年 2 月 5 日

一树落花

你是否像我一样
也时常想起
那一树落花
就算脚下无路
就算有蛇尾随
也未轻易践踏
怕伤了她

我从溪水边走过
我从茅草屋前走过
我从羊肠小道上走过
我从崔护的诗里走过
落花
那一树落花

就在我泪泉的边线上
看她成一堆艳骨
看她成一地琥珀
想她成一弯黛眉
想她成一幅香消玉殒的画
落花

那一地落花

2006 年 1 月 26 日

车过南召

火车上美美睡了一觉

醒来，车过南召

玉米冲我微笑

湖光山色，秀气的睫毛

晨曦弥漫着家的气息

太阳红着脸

向游子问好

果然亦是秋了

茱萸也要红了

云在天上远远地飘着

想起那天去北京时她飞在天上

我牵着她的衣袂

她依依不舍

而今我回来了

只是此刻我在地上

而她们却那么的缥缈

似乎遥不可及

原来，原来天地

是有别的呀

车过南召

古猿人栖息繁衍的古老的地方

白河水就发源在脚下

独山玉就蕴藏在脚下

母亲的笑容和她永远慈祥的骨骼

就埋葬在脚下

近乡,近我的母亲

我能够独立而诗意地活着

母亲

是您,都是您的慈悲与恩德

让我拥有了渴望旅行的思想

和结实的身体

2015 年 9 月 2 日

自京返宛途中,时过南召

我想再看看童年的炊烟

一场秋雨秋三分

我与秋雨不约而至

不知谁随着谁的脚步

一起来到这《水经注》里的丰山脚下

想着丰山霜钟的古老典故

白河水就在眼前

白河的古渡口就在眼前

白河对面南召猿人后代的古村落

就在眼前

而我此刻在雨中

望着落日下迷蒙的原野

想念炊烟

无关水波的光泽

晚霞氤氲成一抹古色的心事

多想再看看炊烟

多想再抚摸童年

因为转身

转身

已是中年

2016 年 2 月 11 日

再见你时心动的感觉

一张纸折成心的图形

攥在手中,我知道

他来自一粒种子的少年梦

从幼芽到森林

而后遇见你

生成一张素颜的纸笺

被我无意地揭走

纸上写满了你的名字

因为用力过重

力透了纸背

划破了,被风吹走

落入起皱的秋水

同漂泊的落叶一起

消失得无影无踪

而后,有人在千里之外

看到了年轮的沧桑

风起而云涌

从大象,到无形

某个有雨的日子

忽然的那一刻

烟雨朦胧中看见你

那种心动的感觉

让我真不能辨别是不是在梦中

犹如那粒开天辟地的种子

訇然跌入浩渺的春水

悄无声息

又惊天动地

我复苏了心疼的感觉

可此时此刻能做的

只能是转身,然后

让泪水模糊你的身影

让那张纸遮住我的天空……

2014 年 1 月 26 日

于宛城笑然居

殇歌

把雄才送进监狱
使之终老
把平庸扶上正统
使之殃民

把猛男阉成竖子
使之奴媚
把栋梁封入深山
使之烂朽

把卑劣载入圣书
使之流毒
把善良践踏脚下
使之销魂

让褊狭者为人师表
误人子弟
让跛足者驰骋球场
丢人现眼

让怯懦者执权掌印

丧权辱国

让勇敢者赴汤蹈火

有去无归

让壮士苦死黑井

暗无天日

让诗者流浪天涯

徒唱悲歌

2016 年 10 月 12 日晨起

于宛城笑然居

旧体诗

听女童弹琴

日暮依山下，
云飞未见霞。
暑气早消散，
谷空韵更佳。
女童横古琴，
素手弄清雅。
幽幽南山竹，
飘飘鹤仙家。
子期如在左，
何处得伯牙。
弦动清风起，
音落星眼眨。
高山植秀木，
流水润心花。
曲终不忍去，
唯闻叶沙沙。

丙申年六月二十日夜
于南召五朵山音乐道场

竹外云天

竹外云天万壑空，
半亭斜阳见险峰。
射雕哪有英雄在，
五朵山上叹穷通。

丙申年六月二十日
于南召五朵山

登北顶五朵山偶成

威武有北顶，
峨然见此山。
攀登踏石梯，
览胜须余闲。
飞云绕金顶，
古树参青天。
日气蔚丹霞，
夜色起暮端。
四季人间景，
五行天地宽。
谁云世道难，
大道唯至简。
万物皆神仙，
登临已忘言。

丙申年六月二十日
于南五朵山北顶上

盛夏访镇平菩提寺三题

镇平菩提寺位于老庄镇侧一环抱浅山之中,规模不甚大,然古朴幽静,禅意浓郁,古木参天,僧定云闲,已历千年风雨,同南召丹霞寺、淅川香严寺并称南阳三大古寺。丙申年夏历头伏第一天,稍有余暇,携家人驱车访拜之,得诗三首,聊以遣怀耳。

其一

敬谢盛夏有余闲,
菩提古寺听鸣蝉。
石径曲折通幽境,
老树繁茂入云天。
花开两朵净俗界,
香燃一炷随青烟。
忧烦多病皆苦厄,
何若此中忘流年。

其二

谁说青山不生愁?
一座名刹万般柔。
苔痕新新沿阶绿,
老树森森守春秋。

卧佛安详泯劫波，
罗汉开口笑无休。
大千世界途一径，
初心不忘任风流。

其三

杏花山色满葱茏，
一树菩提一树空。
玉兰侧身遥向拜，
翠柏昂首望苍穹。
苦行大漠布广德，
喜居小山参性灵。
谁言佛家皆空意？
不修鬼神修苍生。

丙申年六月十四日
于访游菩提寺途中

过南水北调运河桥

一渠清水向北流，
流到山海关尽头。
汉江千里空淌泪，
移民万户满腹愁。
如画江山人糟践，
似酒汉诗鬼弄手。
运河波不知春至，
犹自寂寞伤逝秋。

丙申年二月十一日晨
于宛城永润生态园

春夜宿方城

窗外桃花三两枝，
方城春晓君先知。
七峰山色起微翠，
潘河水波逝如斯。
伏牛东奔于此尽，
桐柏北接无垠时。
昨夜醉尔三杯酒，
今朝别去一首诗。

丙申春二月二十三日

于方城

偶得

一架凌霄一抹霞，
一树合欢一樽茶。
说与春风浑不解，
满腹心事付落花。

2015 年 7 月 6 日
于古城白河岸边

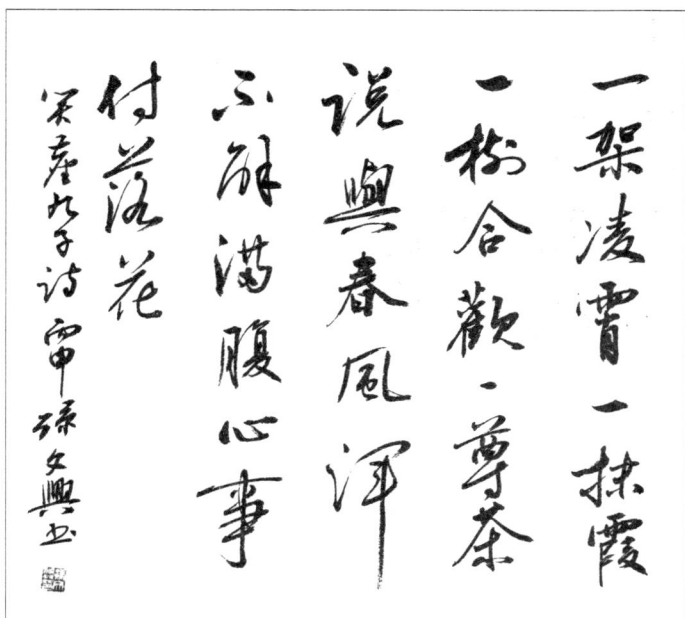

一架凌霄一抹霞

一枝合欢一尊茶

说与春风评

不解满腹心事

付落花

宋唐九子诗审 孙文兴书

偶得　笑尘九子　诗　孙文兴　书

（孙文兴，中国书法家协会会员，河南省书法家协会楷书委
员会委员，南阳市青年书法家协会副主席兼秘书长。）

哭祖兄成纪先生

祖兄讳成纪王先生,因患胃癌多年,医治无效,溘然长逝,年七十一岁。余夙夜奔往送之,草成此诗,以吊兄长在天之灵。

纵使山花春又白,
见惯生死亦伤怀。
翠竹掩映偏僻地,
茱萸摇曳贫瘠宅。
草木荣枯成代谢,
躯体明灭生悲哀。
七十年尽兄且去,
秋山有情放华彩。

丙申年二月二十一日
于伏牛深山送葬途中

答文友问

余曾作《四季歌》，有文友问何以浅淡如白话？因答之。

行文最怕钻故纸，
作诗何苦求艰涩？
我以我笔写我心，
哪管高人睨斜波？

2016 年 10 月 23 日

山城清晨即景

春柳山城泛鹅黄，
一街碧玉两副妆。
蹁跹白鹤亲淅水，
温柔春风吻面庞。

乙未年正月初六
于西峡

清明归故里

岁岁清明今又来，
青山如画梦里裁。
阿姐旧院春难禁，
一树梨花向天开。

丙申清明节前
于野云斋

早春还乡即兴

柳丝鹅黄春梅红，
驱车沪陕西峡行。
离家月余乡思浓，
小别胜婚和弦鸣。
年年两会今又至，
建言献策唯真情。
乍暖还寒晴方好，
桃花共我笑春风。

丙申年二月初五日

自南阳还西峡县途中

过西安

秦岭西望起苍茫，
灯火阑珊忆盛唐。
汉川三千亘今古，
经纬两道分洪荒。
阿房宫侧悲灰烬，
茱萸台下闻花香。
停车欲邀太白饮，
忽记仙去独尽觞！

2016 年 2 月 27 日晚间
赴汉中途中，时过西安

岁末归山城故里二首

2015 年 12 月 19 日,岁在乙未年十一月初九,星期六。自宛城归西峡山城故里,与家人团聚,小酌微醺。登高丘,观夕阳,会故人。喜看儿女满堂,茁壮成行;乐享岁月静美,无恐无惧。四十年来家国,八千里路山河。一路走来,山高水长,岁月如歌。是非成败,荣辱得失,不过一枝叶、一杯酒、一坟茔而已!唯诗书情怀不改初衷,济世宏愿时时在心。不觉感慨系之。

其一

去年天气今年秋,
万千心绪少缘由。
梅花欢喜因骨傲,
秋叶静美皆秀柔。
诗书无名谁爱我?
沧桑有道复何求。
年年岁尽都相似,
不若携子登山丘。

其二

山城冬色亦迷蒙,
一样归来两样风。
浙江无鱼水清浅,

寺山有僧钟希声。

笑看邻家顽童嬉，

悲闻远亲丧老翁。

嚷嚷喧喧何所似？

脚步生风愁上容。

2015 年 12 月 19 日

一样岁月晚来秋

一样岁月晚来秋，

欲说往事语还休。

春江无声夜未央，

夏风有情月似钩。

盛唐厚重夕阳薄，

民国运浅文空柔。

灵石多恨没野草，

瓢虫秀丽影孤愁。

2015 年 8 月 6 日

口占于宛城白水之滨

岁末感怀

萧瑟雪雨起苍黄，
一般头颅两鬓霜。
书生易老英气在，
将军罢战势如江。
当年读书碧山下，
而今鏖战白水旁。
才喜冠盖南都郡，
却悲正统是荒唐。

2016 年 2 月 3 日，农历乙未年腊月二十六日

于宛城笑然居

风雪中过丹江

荆紫关下雪飞扬，

乙未岁尾过丹江。

淅水盈盈出山远，

汉江汤汤来路长。

盛楚繁华汪洋里，

晚唐余晖香严藏。

江湖身远志依旧，

忧患不忘即庙堂。

乙未年腊月二十一日傍晚

于淅川水源地，飘雪渡江中

观梅

纵有诗情寄衷怀，
经年始见梅花开。
一枝疏影横窗外，
几盆清香唤客来。
梅妻未嫁心先痴，
鹤子尚幼神已呆。
闲看夕阳归隐处，
苍苍莽莽生雾霭。

乙未年冬月二十四日
于宛城润泽苑，洒水赏梅隙间

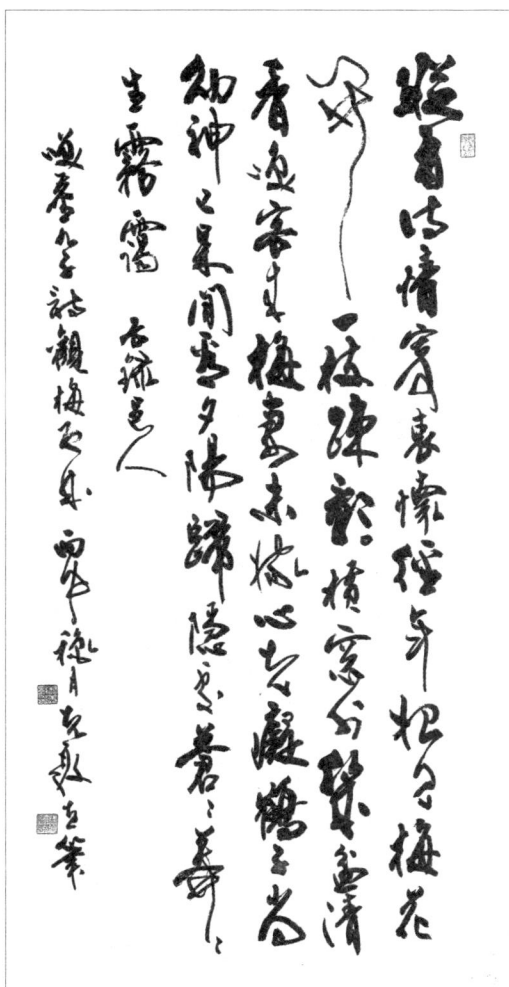

观梅　笑尘九子　诗　尹先敦　书

（尹先敦，字格如，中国书法家协会委员，河南省书协篆书委员会委员，南阳市书法家协会副主席。）

见木兰成蕾欲放，题赠江峰友

午间，独坐江峰友人工作室，见窗外木兰一株，枝条疏密有致，花蕾饱满，迎风欲放，似有春天将至之感。想起名联：得好友来如对月，有奇书读胜观花。而此时此刻，好友在侧，名花当面，冬阳不寒，气定神闲，人生岂不快哉！

一树木兰一树春，
朔风不寒热心人。
木兰雅洁立窗外，
梅花欢笑谢知音。
江起微波非清浅，
峰走逶迤入画深。
莫道喧嚣累高士，
太乙太白存一真！

乙未年十一月二十一日
于南阳市政府东楼窗畔

过古鄂国

谁怀雄心续汉唐？
一朝天子一彷徨。
巍巍昆仑雪消尽，
苍苍秦岭唯余莽。
北疆冻土熊摔碎，
南海飞浪狗跳墙。
氢核空天齐喑喑，
亘古文明共消亡。

乙未年冬十一月初八
于鄂陵

冬日暮色中过偃师作

邙山脚下洛河水，
嵩岳太行两翠微。
玄奘法杖今何在？
杜甫诗章空生悲。
朗朗乾坤真反复，
重重雾霾疑魅鬼。
我今又过洛阳道，
夜色生凉草成灰。

乙未年十一月初三
于偃师至许昌途中

133

无题

昨夜陈酒杂征袍，
一杯井坊一魂销。
寒雪霏霏飘窗外，
暖流阵阵润心焦。
风尘本乃人间事，
但爱江湖自逍遥。
莫道更深夜未央，
东方既白春欲晓。

乙未年大雪节气日

于宛城，醉眠中

过紫阳见汉江夕霞寄怀

汉江紫阳夕霞里，
秦岭绿草薄暮中。
二十年前巴蜀路，
万千风情一样空。
西行曾经悲衰草，
东归难禁叹穷通。
天道好还今者是，
云自舒卷水自清。

2013 年 4 月 17 日

一曲浅吟醉画眉

　　昨晚高朋满座,微醺,夜半独坐品茗,不觉然入睡。忽梦江河潮涨,大水弥漫,峰峦皆没,波澜壮阔。晨起卷帘而立,见娑罗展眉,葡萄结子。极目远眺,雨过天晴,清风徐徐,紫雾缭绕,独山白水尽在昨夜梦中。记起黎明时分,梦中得诗句"一曲浅吟醉画眉",醒来自感甚好,洗漱间构思补齐,不敢独享,就教于方家,聊博一笑耳。

　　一曲浅吟醉画眉,
　　几番悱恻梦里谁?
　　也曾绿垄捧黄卷,
　　忽羡紫杖卧白云。
　　春草总随春风老,
　　夏雨绛点夏花唇。
　　卷帘清风慈悲意,
　　提笔撷句度痴人。

乙未年夏月二十一日
于宛城笑然居

一架凌霄盈满门

乙未端午节归故里,小别还家,见凌霄花开,门楣靓丽,如梦似幻,诗意盎然。不禁心花怒放,感生命之美丽顽强。子女成行,虽平日疏于管教,然亦成长茁壮,奋发自强。遗憾父母已逝,思而不得再行尽孝!不禁感赋以记之。

一架凌霄盈满门,
故园小别也销魂。
花似女子笑绿丛,
子如男儿藏青云。
年年花开花相似,
日日思亲不见亲。
我今再赋凌霄句,
他年翻书思故人。

乙未年端午节
于山城

登中原第一峰

北上伏牛最高峰，
苍松悠云两从容。
若非天地大德在，
何来携杖任我行。

2016 年 6 月 1 日
于西峡太平镇

南阳"风花雪月"诗作系列(四首)

遵南阳市生态文明促进会王清选会长雅嘱,试写南阳"风花雪月"诗作系列。因连日俗务繁杂,奔波劳碌,诗意难萌。今逢丙申年芒种节气,晨起推窗远眺,见天降甘霖,花木含翠,雨雾轻漫,空气清新,生机盎然,夏味渐浓也。古谚云:泽草所生,种之芒种。因伏案草成数首,求诸方家雅而正之矣。

方城风

风起云涌古方城,
千里伏牛至此终。
七峰山上揽日月,
九州垭口唱大风。
起于蘋末冲霄汉,
志在扶摇上太清。
风力发电势正健,
天人齐力再峥嵘。

卧龙花

孤山九架一卧龙,
张衡孔明两高峰。
白水润得美人谁?
皇后款款露华浓。

春风着意姿含香，
秋色尽妍夏连冬。
莫道牡丹真国色，
月季花开动京城。

界岭雪

界岭太白一脉连，
飞鸟不到四季寒。
忽而北风吹暮云，
雪似梨花落松涧。
朔气凝重雪深尺，
朝阳添辉一抹然。
踏雪寻梅若世仙，
长江黄河两界天。

丹江月

丹江夜月美人容，
渔舟唱晚画图中。
汉水千里楚地汇，
玉镜万丈碧海明。
我邀明月入怀愫，
明月遗我真性情。
千江千月千杯酒，
忆人不见思琴声。

丙申年端午节前夕
于宛城

凌霄三叠

　　丙申年端午佳节,自南阳驱车还西峡山乡,又见凌霄满架,攀缘入楼顶,喇叭形凌霄花红黄相间,秀丽火热,美不胜收。两日吟得三首,谓之"凌霄三叠"。

其一

芒种才罢又端阳,
小别时日还山乡。
紫燕低旋轻呼唤,
凌霄花开艾草香。

其二

熏风凌霄满院香,
彩蝶自舞蜂自忙。
最是童稚无邪思,
偎依阿姐细打量。

其三

邻家凌霄攀高墙,
婆娑俏丽溢清香。
多才青蝶时时舞,
勤奋黄蜂日日忙。

凌云原为花生性，
霄汉本是龙故乡。
潇洒俊逸何所似？
神自奕奕气自昂。

丙申年端午节及次日
于山城西峡野云斋

沪上四月

沪上四月江水平，
烟花扬尽雨朦胧。
红花锦簇迎远客，
华灯初上照梧桐。
空谈总是书生误，
实干方能百业兴。
晨起推窗朝霞满，
又见金葵欣向荣。

丙申年四月初五

于沪上新长江大酒店，晨起推窗立就

清明过绍兴(六首)

其一

商旅余暇过绍兴，
越中春深正清明。
鲁迅故居感年少，
沈园旧梦见紫藤。
古越龙山千秋象，
钱塘大潮万年涌。
江南自古多才俊，
至今仍羡一放翁。

其二

沈园碧波鸳鸯亲，
务观堂前多游人。
迈步岂是猎奇艳，
提笔皆因一诗心。
忧国痴不揣上意，
致仕幸赖真恤民。
醉迷因爱梅花瘦，
村卧犹忆雨剑门。

过绍兴六首（其五） 笑尘九子诗意 张亚平 画

（张亚平，著名画家，南阳市卧龙区美协副主席。）

其三

梅花谢去杏花红，
沈园廊幽垂紫藤。
佳人酥手今何在？
才子诗稿空牵情。
关外铁马折轮台，
篋中幽思数梦惊。
八百年来鉴湖月，
夜夜照影尽放翁。

其四

会稽山色起迷蒙，
我到越中正清明。
紫藤出墙沈园秀，
茂林指路是兰亭。
江山如画空凝愁，
美人似花总惹情。
问余何以慰平生？
笑而不答过绍兴。

其五

春江春山春如酒，
红花红衣红酥手。
紫燕不知客心意，
黄鹂唤我近修竹。
浅浅氤氲花雕酒，

款款飞翔白沙鸥。
人生近半春阑珊，
始愧方到此中游。

其六

纵是匆匆也怡情，
越城今日尽春风。
荡气回肠沈园柳，
曲水流觞古兰亭。
魏晋风度空对月，
尽失风流青山愁。
诗书三昧谁品得？
别去夕阳山隅红。

丙申年清明时节
于绍兴游园间隙及返豫途中草成

因爱江南风景异

因爱江南风景异，
风雨兼程过汉溪。
桂花靓靓初芽短，
含笑亭亭着人迷。
小酌土家糯米酒，
大口苗家酸菜鸡。
人生在世须纵意，
脱罢闲装又征衣。

丙申年清明节
于雨中江南咸宁

夜雨感怀

不知昨夜雨敲窗，
半醉半累半神伤。
有义青鸟殷勤探，
无奈烟花随风扬。
十年风雨阳关道，
半生峥嵘尽沧桑。
春去秋来兴替事，
才罢儒家又老庄。

丙申年二月十八日晨起
候司机来接上班瞬间即成
于宛城笑然居

丙申新春

又是一年新春时，
灵羊回眸辞故知。
也曾挥汗耘福田，
更记埋首读圣书。
恢宏天地人康健，
晴朗乾坤道永日。
金猴如意喜临门，
祝君前路盛如诗！

乙未年除夕夜
于西峡夜云斋

题赠开封醉心堂主人

心有灵犀紫荆红，

绿风又吻旧面容。

上林诗苑觅佳句，

唐宋韵律今灵通。

素颜未展心先知，

微雕玲珑梦华生。

今朝醉心徜花丛，

明日汴水柳岸逢。

丙申年二月初九午间

于河南永润生态花木园

西峡"两会"离家，赠别文友

流连数日离家门，

故园无处不销魂。

曲径小店高粱酒，

敦厚忧伤老故人。

大会堂内频鼓掌，

文化馆里新墨痕。

明年相聚知谁在？

此花此人何处寻！

2016 年 3 月 17 日午间

谒偃师杜甫墓

诗圣墓园何处寻？
偃师城西木森森。
几株石榴掩墙内，
一片诗心随孤云。
才盖盛唐空孤愤，
诗传华夏满古今。
我今偶来邙山下，
凭吊诗魂竟一人。

丙申年三月二十六日
于洛阳偃师杜甫墓园草成

游北岳悬空寺

秋到悬空寺，

寺悬阁未空。

霞客遗迹在，

太白字如钟。

摩崖百仞上，

皆存三教踪。

道家言玄妙，

佛曰万载风。

儒忠人间事，

勤谨方始终。

仰面阙峨峨，

侧耳水淙淙。

前辈诗镶壁，

晚生句未通。

才从北岳下，

却向壮观行。

秋风起太岳，

槐叶沙沙声。

北魏栈道浅，

夕阳正微明。

丙申年七月初八日午后

于北岳悬空寺游览间陳草成

大同怀古

初临大同盛夏时，
塞上天高风如嘶。
云中胜景何所慕？
纯阳宫外云冈窟。
拓跋氏兴毁代国，
文帝南迁易汉服。
北岳恒山眺望眼，
人间无处不江湖。

丙申年七月十一日凌晨一点作

过太行偶成

太行远望坚如刚，
横亘千里做城墙。
秦晋结好造帝国，
赵魏盟破沦猪羊。
黄河中分天下势，
地脉东移是洛阳。
列国而今何其似，
万古依旧波汤汤。

丙申年七月初十日
时车过晋城

晋祠即兴

晋祠堂前说唐王，
唐王原在老汾阳。
矫健少年总三晋，
枭雄老成断一纲。
雁门关上探沧海，
昆仑山下征洪荒。
我今临谒汾河上，
唯见太白池荡漾。

丙申年七月初十日
于太原晋祠

登北岳恒山

恒山北上抬望眼，

故国三千六百年。

红花开颜迎远客，

白松伸臂接近前。

百虚观前悟百虚，

千佛洞里叹千年。

世人不辞名山远，

五岳何曾见神仙？

丙申年七月初七日

登北岳恒山途中

平遥

平遥远在白云间，
一半黄土一重天。
古城墙横屏边塞，
大院庭深藏银钱。
慎独修身原本分，
秉烛业成赖勤勉。
城隍孔庙天人佑，
不做文魁亦坦然。

丙申年七月初十日
于太原

梦里几回到北国

梦里几回到北国，
北国山河竟如何。
雁门孤雁展猛翅，
云冈石窟坐佛陀。
纯阳宫里宫阙在，
日照彩云仙如我。
明朝北岳恒山上，
一样古道两样色。

丙申年七夕
于大同市至浑源县途中

浙水畔偶成

城东城西皆秋水，
偶看鹳鸟翩翩飞。
寺山有意年年绿，
浙水多情日日徊。
曾因生艰远别离，
又怕久疏近牵衣。
嘱咐白云莫相忘，
菩提园里话旧题。

丙申年七月二十六日
于西峡古浙水旁

淅水畔偶成　笑尘九子诗意　张亚平　画

鹳河独坐

垂柳鬼柳皆故人，

一款碧水两相亲。

青山望断空怀远，

白云出岫隐意深。

秋风吹波草摇曳，

夏月照影心欢欣。

最是白鹳频展翅，

俯瞰水边人垂纶。

丙申年七月二十六日午间

于西峡鹳河岸边

鹳河畔闲步

寺山遥望木青青，
淅水照影新面容。
青春不耐岁月老，
空将白云寄多情。

丙申年七月二十六日
于西峡县鹳河岸边信步独望

长安醉酒后过霸陵放歌

明月为我霸陵别，
我送明月蓝田歌。
霸陵柳色秋无减，
蓝田玉润烟生波。
神农架深隐野人，
陇上彩云舞婆娑。
西域孤烟大美绝，
东方鱼肚遮星罗。
故人置酒长安市，
洗我车马衣上尘。
西凤美酒劝君尝，
小杯掷去换大觥。
春夏秋冬皆秀色，
酸甜苦辣尽回肠。
我今初过巴蜀道，
秦川夜色醉眼望。

丙申年七月
于西安返豫途中

北戴河海岸闲步口占

秦皇岛上秋风起，
北戴河畔树影低。
渔船漂泊沧海浪，
碣石昂然金峰立。
秦皇求仙不辞死，
太宗征战服高丽。
倒是我辈真羸弱，
至今难到大洋西。

丙申年七月二十九日
于北戴河全国人大干部培训中心

南阳画家村偶句

画家村里访画家，
夏风微微夕阳斜。
池映瓦舍孩童闲，
几株芙蓉映篱笆。

丙申年六月初七向晚
于宛城画家村

盛夏过友人荷园

最是人间六月天，
杂花生树景无边。
长夏消闲无着意，
驱车偶过故人园。
主人热忱添游兴，
骄阳照荷色更妍。
群芳此君最雅洁，
不媚不曲亦不染。

丙申年六月十四日
于镇平荷花园

读商隐诗感怀

满腹心事满眼秋，

红枫苍雁两悠悠。

何事悲君沂水上，

茫茫晚唐命一休。

夏雨才润游子眼，

冰霜已染书生头。

嗟然思绪归无计，

残阳如血月如钩。

2015 年 1 月 7 日

于郯城

洧阳桥下银沙洲

洧阳桥下银沙洲，
白河波寒知凉秋。
雕栏曾证繁华在，
画匠也说能封侯。
二月河水才涨满，
同宾又入梦里头。
吟罢愁心无人识，
不若散漫上兰州。

1996 年 9 月 29 日

于白河洧阳桥上

苍松迎我重登临

十二年后重登临，
男如绿树女白云。
山海依旧续沧桑，
八达岭上笑红尘。

2016 年 8 月 6 日
于北京八达岭长城

咏水

惟有姿谦方致远，
未见浪沫入云天。
浊清皆非我本性，
刚柔兼济修善缘。

咏水　笑尘九子　诗　张兼维　书

（张兼维，南阳市书法家协会副主席，知名文化学者。）

见玉簪花开感立秋与七夕并至

玉簪花今开，
盛夏不再来。
昨日秋风起，
京城掩云斋。
七夕明朝至，
遗我玉头钗。
玉钗今在眼，
覆手护君白。
八月蝴蝶黄，
绕花久徘徊。
槐梓叶飒飒，
苦蝉声哀哀。
声哀谁人闻，
玉阶露草衰。
草衰有草籽，
君心空生苔。
今夜燕山去，
素月当入怀。

丙申年七夕将至
北京赴大同途中

伏旱祈雨诗

丙申日气佳，
七月流火中。
月余无好雨，
丽日朗长空。
池蛙声声哀，
苦禅深树鸣。
稼禾半焦死，
花木何枯荣。
乡野无润土，
城市尽巢风。
天道有兴替，
人间重真诚。
我辈应敬畏，
不爽是报应。
致意重霄上，
愿闻雷雨声！

丙申年七月十八日
于镇平县晁陂千亩苗圃返宛城途中

城固街头夜半醉酒

城固特曲玉米烧，

五十二度也英豪。

半碟牛肉花生米，

满碗马家冒菜浇。

白言三杯通大道，

笑说一斤入云霄。

神马高官与名士，

不若开怀醉征袍。

丙申年七月二十四日醉后晨起

于陕西城固君尚酒店

陕南道中示儿

生子与父竟比肩，
有事一马敢当先。
坎坷沧桑半生路，
转头一十六年前。
读书不必破万卷，
善行方知道不远。
男儿志当修文武，
磊落高瞻天地宽。

丙申年处暑后三日

于汉中

丙申处暑日过竹溪

桃花源头说竹溪，
武陵迷津梦依依。
女娲山头彩云起，
蜡烛峰峦叠景奇。
凤凰湖泛绿涟漪，
五流泉湿白袜衣。
眼前景物难言谢，
汉水伴我到丰溪。

丙申年七月处暑日
于湖北竹溪

陇上秋来风物异

陇上秋来风物异，

青山高耸白云低。

累累满树娑罗果，

房房盈门野蜂蜜。

土山土人小土豆，

老劈柴炖老柴鸡。

康州边关今在眼，

茶马古道最心迷。

丙申年七月二十四日

于康县至成县途中

秦皇求仙台

秦王当年何雄兮，
横扫六国如卷席。
万骨换得天下一，
独夫贪向神仙迷。
童男童女齐蹈海，
八方道士杳无期。
可怜归途骄阳下，
华盖如云尸如泥。

丙申年八月初三日
秦皇岛秦皇求仙处即笔

山海关老龙头怀古

秋风初染山海关，
渤海浩渺碧连天。
长城万里护神州，
志士千载担铁肩。
不唯霹雳能斩妖，
更兼上德熔邪奸。
荣枯兴废何时了，
眼前沧海笑桑田。

2016 年 9 月 5 日
于山海关

浣溪沙·一杯花雕诗一首

一杯花雕诗一首，
去年中秋今又来。
家常便饭亦乐怀。

小径落叶没屐痕，
城南旧事费心猜。
邻家木槿向谁开？

丙申年中秋节
于山城野云斋

丙申中秋，野云斋闲居有寄(三首)

野云斋

纵有华屋事亦哀，
高堂驾鹤空数载。
溪山行旅挂白壁，
大红灯笼写鸿财。
日出东隅惊宿鸟，
月挂桂梢散香来。
四十年华如村树，
打马还向野云斋。

泉眼

泉眼枯难见细流，
秋虫秋草嘶啾啾。
早熟黄柿落满地，
晚来明月写清幽。
久旱不曾听秋雨，
近乡未闻喜缘由。
青壮俊女皆离去，
小村处处尽翁祖。

空村悲

柴门紧闭落锈锁，
主人久去会阎罗。
梧桐硕叶渐飘散，
牡丹花面久残破。
迎山孤独苍含愁，
鹳水隐若地下河。
村头问询众童伴，
半入青山半流落。

丙申年八月十六日

于伏牛野云斋

赠水兵

丙申年八月二十六日，与水兵等友人会饮于宛城"武汉人家"。午后遇雨，归眠笑然居，微醉题之。

我敬水兵一杯酒，
水兵赠我三千言。
一杯酒谢三江水，
三江水润万顷田。
伏牛昂首迎旭日，
白河扬波送征帆。
醉歌李杜诗章后，
百里溪上共行船。

2016 年 9 月 26 日
于宛城笑然居

晨起闻啼鸟即兴　笑尘九子　诗　周林　书

（周林，字之林，河南工业职业技术学院艺术教育中心主任，南阳市政协常委，九三学社社员。）

只要修为在人生活

自宽不须闻啼鸟

美声庵之传

笑尘诗音丙申周林

晨起闻啼鸟即兴

晨起推窗闻鸟音婉转,观朝霞满天,泰山在望,即兴口占一首。

只要修为在,
人生路自宽。
不信闻啼鸟,
美声处处传。

2016 年 9 月 29 日

于泰山脚下之泰安

中原花博会遇雨会饮

迟来秋雨亦蒙蒙，

驱车带队到鄢陵。

花博盛会人稀疏，

故人邂逅兴致浓。

今年花事市如何？

言说惨淡愁上容。

问我藤下谁最好？

茅台酒与王连成。

丙申年八月二十九日

记于泰山脚下之泰安

行至鲁国日放晴

行至鲁国日放晴，
东岳山下起凉风。
依依道旁看柳树，
苍苍园内选黑松。
昨夜宿酒晨方醒，
今日白云正从容。
七年别来天街上，
泰山遥望闪光明。

丙申年八月二十九日
于泰安

午夜笑然居写秋

何曾听雨到天明？
一首诗词鼓一更。
隔窗梧桐犹飘叶，
匿墙秋虫仍嘶鸣。
风起乾末凄白水，
雾生坤底罩青峰。
取读架上经典册，
尽是古人悲秋声。

丙申年八月二十五日

云露山

远山尽游人，
唯见车穿梭。
朝阳复夕阳，
来照云露上。

丙申年九月初二日
于云露山下口占

远行归南阳，白河岸驻足

白水南望夕阳斜，
独山北眺未见花。
白水粼粼银波起，
独山嵬嵬玉藏家。
圣人遥坐云端上，
俗众苦行随泥沙。
何日山水不衔恨，
收拾忧伤向天涯。

丙申年国庆节
于宛城

白水南望夕阳斜　笑尘九子诗意　郑嵩山　画

（郑嵩山，字溪水，中国书画家学会会员，南阳师范学院教授。）

白水南坐夕阳斜 将山北眺未
见花公无辔 银波起将山蔟玉
藏家圣人迁生云端上佗象苦
行随泥沙 向日山水不衔恨收
拾忧伤向天涯

笑尘九子诗 远行归南阳白
水岸驻足 申冬 孙文兴书

远行归南阳，白水岸驻足

笑尘九子 诗 孙文兴 书

润泽苑写秋

润泽苑里晚来秋，
槿花修竹风嗖嗖。
木亭静静守流年，
丹桂脉脉送清幽。
艰难不坠拿云志，
峥嵘当忆岁月稠。
素秋写就寄君朋，
云淡天高两悠悠。

丙申年九月初三日
于宛城润泽苑

秋夜独行于野，寄诗鬼李贺

满头青丝生前世，
而今霜鬓愧镜颜。
独观花开花又落，
携闻雨骤雨重歇。
黄尘碧波千万顷，
海水谁见杯中泻。
踽行似掠鬼磷影，
翻书真听君歌哭。

丙申年九月初五日
于宛城

200

昨夜秋雨

昨夜秋雨湿碧树，
又见凌霄谢堂前。
书架寂寞尘积案，
紫燕巢空玉兰闲。

2016 年 10 月 6 日
于西峡故宅

"民国情史"题句

少年才子江湖老，
谁知情命两相妨。
不信取读民国史，
风流到头梦一场。

2016 年 10 月 14 日
宛城笑然居

闻牟其中刑满出狱

应知人生多艰难，
偏放豪言天地间。
猖狂少年研马列，
英姿青壮创财团。
草根幸成参天树，
世道从来恨多钱。
志雄才疏若不修，
牢底穿时人已闲。

2016 年 10 月 16 日

时在泰安

百年诗词谁可看

蛟龙出海斗未休，
书生也曾觅封侯。
庄生梦蝶村妇笑，
老聃出关赖青牛。
后主多才失家国，
容若情深命早秋。
百年诗词谁可看？
柳亚子与聂绀弩。

2016 年 9 月 26 日
于宛城笑然居

中秋节访老苗圃感寄

故园泥径久逡巡，
抬头叶绿见秋云。
墙上照片成旧色，
树下落叶覆新痕。
古木摇落青春泪，
老井涌泉报深恩。
年年中秋都相似，
今年月色更牵魂。

2016 年 9 月 15 日，时逢中秋
于西峡回车镇八龙庙苗圃

北戴河夕照

飒飒金风秦岛起，

孤竹国里远春雷。

苍松不畏海风摧，

北戴河岸披余晖。

2016 年 9 月 3 日

于北戴河海滩

读史偶句

司马文章放翁诗，

一字一句皆苦痴。

江山关君何等事？

竟将血泪付青史。

丙申年冬日

宛城笑然居

自画像

其一

半读诗书半耕田，
种树卖花换小钱。
闲云野鹤常随眼，
位卑也爱好江山。

其一

生在九月偏爱菊，
家菊赏罢近野枝。
从读陶潜结庐句，
也入南山做菊痴。

其三

平生难弃诗与酒，
误我头白不公侯。
祖未光荣宗未耀，
愧对来年三尺丘。

加班打油诗

周日事稍闲，
始敢午后眠。
不觉过了头，
心中愧且惭。
公司来加班，
泡面当晚餐。
忙到夜一点，
下楼把家还。
抬头猛一看，
天上月又圆。
猴年已过半，
世道仍艰难。
梦想永远在，
前景远且宽。
不忘初心苦，
终得人生甜。

2016 年 10 月 17 日午夜

加班归途中

贺西峡县全运会召开

欣闻家乡西峡县首届全民运动会举办，万民欢腾，气氛热烈，山城顿升欣欣向荣之气。感而命笔，并赠孙其鹏书记。

其一

喜闻桑梓开盛会，
万千乡邻竞赛场。
谁言西行多峡谷？
胸怀开阔气自昂。

其二

金秋云开龙鹏举，
盛世正创伟业时。
男女老幼齐运动，
山城个个是健儿。

2016 年 10 月 21 日

四季歌

春来花开满枝头，
夏走叶落飘悠悠。
秋兴看山白云上，
冬至思酒红泥炉。

2016 年 10 月 23 日
于宛城笑然居

甘南成县访杜子美草堂

当年一诗天下闻，
自古谁怜寒士贫？
可怜同谷七歌后，
陇山蜀水月黄昏。

2016 年 8 月 27 日
于陇南至秦岭道中

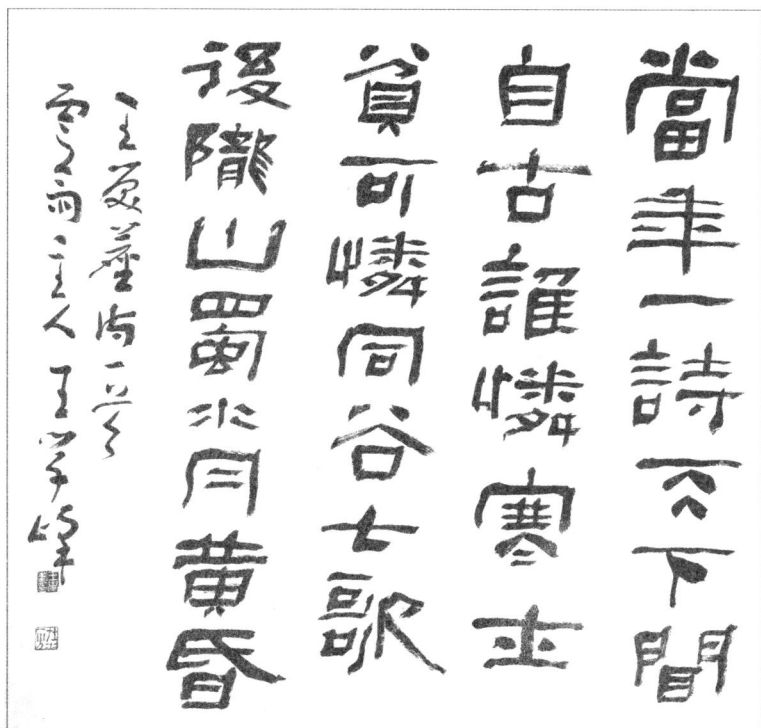

甘南成县访杜子美草堂　笑尘九子　诗　王学峰　书

（王学峰，中国书法家协会会员，河南省书法家协会理事，南阳市书法家协会副主席，南阳汉韵国学文化院院长。）

秋眠

今日霜降,气温骤降。早晨睡到自然醒,不知夜来劲风起也。

好觉无梦自然醒,
推窗掀帘见微晴。
眼前秋树叶落半,
方知昨夜起劲风。
萧萧本为沧桑道,
何故神伤复心惊。
百花丛中千遭过,
不沾一叶是高明。

2016 年 10 月 23 日

宛城笑然居

散文随笔

因风的蔷薇

蔷薇是带刺的花,白的、粉红的、嫩黄的都有,多生于山野溪畔。花小,却有奇香。记得小时上学的路上,有许多野蔷薇,每到春天,蔷薇花开了,老远就闻得到。于是总要拐到山坳里采几枝带到简陋的教室,插进灌了水的墨水瓶里,放在课桌上,一边闻它的香气,一边读书。那是十一二岁时候的事了,现在回想起来,真是幸福。

今年春天的一个晚上,开车约一个朋友去山野里闲转。月光下,山脚边的一丛蔷薇掠过我的眼睛,便停下来,攀上去采了几枝,手指还被刺扎了一下,送给朋友,却被婉拒了。回来写了首《因风的蔷薇》。也许词不达意,但我是爱蔷薇的,从少年到中年,从山村到城市,发自内心,无怨无悔,尽管同蔷薇科的梅花及海棠比起来,她是最不起眼的。

忽然记起宋人黄庭坚那句让人沉醉的句子:"百啭无人能解,因风飞过蔷薇。"这诗真的要了人的魂儿。因此有了这首小诗:

> 我看见软软的柳絮飞过来贴上了你的脸
>
> 瘦的梨花碎雨中散落着孤单
>
> 临风的水岸
>
> 忽然看见夏日的水仙
>
> 此时的伤感没有人能看得见

因风的蔷薇

我看见一丛蔷薇开放在寂寞的山前

心路太偏远

狂舞的蜂蝶也寻她不见

桃花谢了春红，太匆匆

一丛蔷薇就是一个红颜薄命

谁能把一个诺言守成永恒

我看见一缕风吹来掠过了蔷薇

花瓣上的露珠开始变得憔悴

谁说她不解东风的情怀

她正用带刺的怒放

把思念燃烧成灰

看来喜欢蔷薇的人远不止我一人，古有黄鲁直，今有一位叫千依的朋友，她写了一首《蔷薇祝君好》，是古体的，词句很美，意境很古雅，是不是可以算作对我手赠蔷薇的回赠——

清水楼台，寂月无声，默默烟花心中舞。泪洒长夜都为谁？因风蔷薇飞，一路轻轻随。

奈何花之芬芳有人赏，有谁怜惜花之殇。君折蔷薇一瞬间，永世不复唯破碎。破破碎碎一地散，散落再难圆，有缘亦难圆。

天上与人间，无可逾越之碍处处生，一片冰心无人省，空留月下蔷薇自多情。多情惹尘埃，难上明镜台，何不翩翩来。还请君谅之，蔷薇祝君好。

2009 年 5 月 5 日

因风蔷薇飞　笑尘九子诗意　张珂　画

（张珂，女，笔名冰轮，新闻工作者，知名工笔画画家。）

情人节之夜逢喜雨

惦记着,惦记着,春夜还是来了,伴随着令人欣喜的春雨,和被淋湿的温暖而潮湿的心情。

冬天似乎有些短暂,但冬眠的生物或新新人类可能就觉得冬天走得太早,而春来得太快了些吧。

俗话说,人勤春早。冬天昼短夜长,可春天来了,白天开始成长。白天忙于公共活动,头绪繁杂,还有曾子说的每日三省吾身的事,还是晚上加班最清静,最出活儿。何况自己偶尔还要写点儿诗呢!

辛苦是自然的,但确实没人逼,是自己逼自己。好在乐趣自生,真的以苦为乐了!

一埋头就是三个小时,才记起早过了晚饭时间。没有应酬,更谢绝了无谓的社交活动,晚餐就免了吧。都说晚餐不吃能长寿,不过我几乎没仔细考虑过这件事,因为我一直认为活得久跟活得好从本质上是两码事。

给自己泡杯好茶,小啜几口,暖暖有些寒冷的胃。小小斗室,立刻也飘起正山小种的温香暖意,抚慰我孤寂又绿意盎然的心情。

红豆杉立于面前,茶案上的梅花对我含笑,散发着绿意与氧气。世界级美女蒙娜丽莎在我的书架上若隐若现,不时送来含着万千柔情的绝世微笑。这幅画还是我前年从法国罗浮宫特意请来的,虽然是仿真的,仍好似我久违的情人,犹如这旷古而深情的情人节,有也过,无也过,都是要充实且好好地过……

故曰:有何辛苦可言呢?还有北方的菩提树,伏牛山中的红茱萸,都时时赐予主人绵绵不绝的生命能量……

你好,这早春的夜!你好,这如诗如画的美好时光!你好,这猴年的情人节!

2016 年 2 月 14 日

于宛城润泽苑

思哺亭记

——笑尘九子碑亭铭文系列之一

思哺亭者,追思哺育之恩纪念之亭也。三千路秦岭,八百里伏牛,势如巨蟒,挺似脊梁,起于莽莽昆仑,止于古宛方城。万物必有起源,草木皆具性情。思哺之亭,顾名而思义也。

夫古圣人之言,百善孝为先。羊跪乳,鸦反哺。禽兽尚如此也,而生为人子者,何以不忧患天下,何以不孝思父母!何以见微而知著耶?乃谓一屋不扫,何以扫天下?先亲难孝,何以致久远?陋室可居鸿儒,寒门亦出孝子。思哺亭者,思犹尽而念无涯也。

吾友李君者,名悦,字不群,豫州宛郡方城人也。身躯壮硕,风流倜傥。曾戍边西北数十载,见惯大漠烟直,胡杨挺拔,戈壁千里,不绝细流。及解甲归里,经营地产,商海搏击,拥资千万。忽闻古人云:"富贵不归故乡,如衣绣夜行。"乃斥资巨万,聘任能工巧匠,选购园林奇石,修造此亭。何意者?乃念落叶之归根,饮水之思源,报恩之必急也。故命其名曰:思哺亭。

乙未之末,亭既落成。上合乾时,下应坤载。特嘱余撰亭记,意欲镌刻于亭左奇石之上,以彰其显也。盖因闻古人语,笔墨之寿寿于金石耳。倏忽三月有余,未能动笔。何以者?乃自知笑尘九子名微而文浅,远不敢追司马相如,近不能懂退之、东坡寿于金石之春秋笔法者。李君不弃余鄙陋,求之再三,余亦为君孝思情动,于今宵酣畅淋漓之余,夜半醒来,文思泉涌,摇动秃笔,撰此铭文,且题其名曰:《思哺亭记》。尚飨先贤,启思后来,亦君我之愿足矣!

　诗曰:

　　　　伏牛桐柏生翠微,
　　　　古来万事东流水。
　　　　唯有孝思恩长在,
　　　　思哺亭前寄春晖!

　　　　　　　　　　乙未年腊月十六日午夜
　　　　　　　　　　谨记于古宛笑然居

坚守自己，战胜孤独

——红尘悟禅之一

生活中，孤独与寂寞是谁都无法逃避的，上自帝王将相，下到草根百姓。但生命是体验的过程，每个人都有少年轻狂的冲动经历，这也往往是江河汇入大海的旅程中必然翻起的浪花，是由浅入深、由近及远的必然历程。但我们最终还是要学会修炼与忍受，否则就只能在赶往大海的征途中蒸发掉。

不要因为孤独就去找一些不适合自己的娱乐方式，以致刺激过度娱乐而死；不要以建立人脉为理由刻意迎合一些不属于自己的群体，导致自己媚态毕露，受人轻看；不要随便招惹或自作多情地追逐一些招之即来、挥之即去的所谓邂逅或者爱情，从而落得浅薄轻信之名，害人误己；不能因为怀才不遇或者受到冤屈和不公，就恨世道不堪、人心不古，甚至自戕。

凡此种种，往往都是虚妄的、幻化的、消极颓废的负能量，无声无息之中正在耗尽我们的凌云之志与血肉之躯。

一个真正意志坚强、志向高远的人，即便曾经纸醉金迷、玩世不恭，也绝对有着超然的冷静、清醒与难以名状的深刻孤独，只是暂不为人知罢了，或者故意不愿为人知罢了。

当夜深人静，孤枕难眠；当冷雨敲窗，空虚来袭；当繁华散去，尘埃落定；当容颜既老，满脸沧桑……我们应该学会懂得生命轮回的奥妙，学会承受人生必然的孤独与寂寞。无论修禅还是悟道，向往心如止水般的静、面似天山般的宁、体如泰山般的稳、思如天空般的远，无惧一切烦恼与空虚、业障与狰狞、伤感与恐惧……

如此，我们就能看见岁月的美好与安详、万物的生息与轮回，就会心生欢喜与慈悲。

2013 年 7 月 24 日午间小憩时

于伏牛野云斋

你若盛开，彩蝶自来

——红尘悟禅之二

欧洲应该是人类现代文明的发祥地，包括政治文明、经济文明、生态文明等等。由于教育环境与体制的原因，更因为中华民族某些方面冥顽不化的劣根性，中国古老、悠久、灿烂的文化，自宋代之后，就慢慢地落后与腐朽了。

"五四"新文化运动之后，中国曾经有过短时间的文化复兴。流派纷呈，灿若星河，可惜由于战乱与专制而昙花一现，终至夭折。

我不是说自己的民族文化一无是处，更不是对其全面否定；相反，我曾研究国学经典，熟读古典诗词，并深爱国学的博大精深。可是近一千年来，为什么诞生不了真正伟大的思想家、政治家、科学家？帝王的腐朽情结，家天下的没落思维，井底之蛙的世界观，难道不正是阻碍人类社会进步的负能量吗？

欧洲大陆经历了千百年的曲折前行，在黑暗中萌芽、干旱中扎根、风雨中历练、阳光下灿烂，终于长成人类文明的参天大树，它对人类发展做出的贡献是任何一个国家、民族或者经济体所不能替代的，包括当今被视为第一强国的美国。

你若盛开，彩蝶自来。先进的文明自会成为引领全人类迈向进步与繁荣的灯塔。

此次欧洲之旅，当空杯，当放眼，当思索。诚如是，自当有益。

凡事皆如此,人生自不虚。

2013 年 7 月 25 日

赴欧洲旅行前夕

前世是自己的根

年末岁尾,似水流年,新旧交替。

回到故乡,回到熟悉的山冈,回到伏牛深山的小小山村——一个生我养我的地方。

白杨树,高高的白杨树,可还记得那个聪慧而倔强的孩子？他离开你三十年,已远远地走出了这座大山,但他始终不曾忘记你孤独而伟岸的身姿！

我站在这巍峨的山冈上,对他默默地祝福与凝望。

茱萸树,我亲手栽下的茱萸树,成就了我每一个梦想的茱萸树,我又回来看你了！你不仅成就了一个贫困山里娃的财富梦想,也使他文采飞扬,著就诗文华章。而此时此刻,虽然北风凛冽,茱萸依然笑傲朔风,眺望夕阳,含苞欲放！

母亲、父亲、列祖列宗,永远长眠于此、融入黄土碧水的我的先辈们,我率领你们的子孙回来看你们了！点燃几张纸钱,回味几多心酸的往昔,感叹岁月的无情与沧桑,抚摸依旧曲折的山梁……

前世是自己的根,不管你走多远,离别多久,那山峰、河流、红茱萸、白杨树和那依山傍水的小小村庄,就是你轮回不止的前世,是你永远不能截断的根……

记得住乡愁,看得见山梁,忆得起亲人,回得到故乡。

　　烧一本我的《前世》，祭奠我的少年梦想，报答养育我的野云故乡……

乙未年除夕黄昏

于伏牛野云斋

瓢虫爬上了我喝水的杯子

趁着礼拜天,带公司采购部员工来许昌采购绿化苗木。不想,从田野回市场时,夜色降临,雾霾弥漫,车被追尾了,人也感冒了。

头疼得厉害,采购部人员心疼我,他们由供货商陪着去苗圃看树,留我在宾馆休息。口渴难忍,就一杯一杯地喝白开水。

不知何时,一只七星瓢虫停落在了我洁白的陶瓷口杯上!这是久违的影子,仿佛是童年田野的影像记忆,此时此刻又回来了,悄无声息,让我倍感亲切。

瓢虫沿着白色的陶瓷杯沿,时而行走,时而停留,时而把头部朝向我这个一时孤单的主人,仿佛在关心地问我:"您好点儿了吗?需要我陪着吗?"

忽然想起萨顶顶的那首《万物生》,想起天上的苍鹰、森林里的猛虎、草原上的野狼、大海里的巨鲸和眼前这只一点儿也不讨人嫌的、卑微却美丽的七星瓢虫。

天地原有慈悲,万物皆有生命,皆有因缘,皆有那灵犀一点通。

唯有用心,方能发现;唯有珍惜,方得永恒……

乙未年冬月初三

于鄢陵

想起杜甫与李白

昨晚，与蒙古族兄长自镇平花木基地归宛，夜色如幕，凉意四起，对饮于王府饭店，不觉酒醉。独自归卧宛城笑然居，夜半酒醒，立冬天寒，万籁俱寂。忽然记起中国历史上两位伟大而不朽的诗人——李白与杜甫，想起了杜陵野老那首最具真性情的诗句：

> 凉风起天末，君子意如何？

这种发自肺腑的关心与怀念，真不是当下我们这些所谓的朋友发个信息、去个电话所能及的。

> 江湖多风波，舟楫恐失坠。

莫名其妙的担心，使千年之后的你我，真不知用何种方式表达真心，才能将真挚的友情铭记于心。

李白一生与舟楫为伴，不管是那首妇孺皆知的《早发白帝城》，还是《游洞庭湖五首》，都真实而多彩地记下了他与江湖为伴的诗酒生活。他一生乘舟楫游天下，爱月、赏月、饮酒、作诗。杜甫生怕这个"千古奇才"的文友失足淹死。"江湖多风波，舟楫恐失坠"，多么真切的关怀！而那时候，李白正遭永王之变连累，被羁押到贵州西南。20 年后,李白真如杜甫所担心的那样,在安徽当涂饮酒追月,入江而去。千古知音的一首《天末怀李白》,竟然一语成谶!

文章憎命达,魑魅喜人过。

真正能理解并感受杜甫这句诗的人,绝对是对人生百态有着深刻体味、历经沧桑坎坷、人情世故练达洞彻之人。笑尘九子这里真无法解释,朋友们自行猜度领会吧。

世人皆欲杀,吾意独怜才。

想当年李白最终出狱,也是当时许多文人高官为他奔走呼吁的结果。因为几乎所有真正了解他的人都知道,他再狂再傲再荒唐,骨子里只不过就是一个诗人而已。尽管他一生狂放不羁、吃喝嫖赌、蔑视权贵,乃至杀人越货,不教育培养子女,不关爱妻子和家庭。但这些都无法掩盖这个千古诗人的诗酒风流与文学天才!

笑尘九子虽不才,然平生所追慕者,武不过汉武帝刘彻,文不过诗仙李白。文武兼备者,毛氏润之也!因此才有这夜半醒来,口渴难忍之时,披衣而起,冒寒追思,写下这如歌如泣如诗的思念……

乙未年九月二十九日凌晨

于宛城笑然居

过大同纯阳宫

到山西大同，纯阳宫似乎是一个不可不去的地方。

丙申年七月，携少子幼女云游西北，自大同西云冈石窟回到市内，暇隙间过纯阳宫。纯阳宫是中国北方规格最高的全真派道观，供奉的是祖师吕洞宾，始建于元代，明代万历年间重修。

作为世界五大宗教之一的道教，也经历了无数次兴衰与荣辱，汉、明两朝都奉为国教，鼎盛不衰。但由于其追求道法自然、清静无为、修炼羽仙、长生不老等，很难为俗世所接纳。尤甚者，练仙丹而服之，以求长生不老。有史可查的，诸如秦始皇、汉武帝、明神宗等绝顶聪明、英武过人的历史大人物就因此或间接因此而死。这使道教的科学性与正统性颇受诟病，也在无形中阻碍了这一曾经的国教的兴旺发达。即便是当下，同为一城一山水的旅游景点，佛教场所就远比道教场所香火兴旺得多。

今我来访，但见气势恢宏、古意盎然的纯阳宫里，宫阙嵯峨，钟鼓肃穆，天色蔚蓝，白云如仙。而游人，仅我等三五人而已，与熙熙攘攘、川流不息的佛教圣地——云冈石窟，形成巨大反差。

谁云道教式微者钦？曲高和寡者钦？唯天、地、水三官知之者也。窃以为，这或许正是道家追求的大道至简、天地有大美而不言之最佳境界吧！

2016 年 8 月 9 日

于大同

甘南成县访杜甫草堂

甘肃成县南七里有白龙峡,古称同谷。山穷水恶,寸草难生。唐乾元某年十月,杜甫为避安史之乱,并受成县县令虚请,携妻带子,流寓此地。及至,县令闻知其弃官实情后,避而不见。杜甫无奈寻此穷僻之地,搭草屋数间,靠挖食野菜度日。凡月余,饥寒交迫,几欲丧命,作"同谷七歌"及《凤凰台》诗留世。

丙申年七月末,笑尘九子自甘南康县去往西安,路经成县,特前往访之,盖久仰诗圣盛名故。至已近黄昏,祠堂门闭,售票下班,不得入而拜之矣。唯能绕墙一周环窥远观,苍苍然多古柏树木焉。然目睹浊水凶山,印象深刻,疑杜子美当年途穷急昏了头,或是书生天真,轻信县令虚情假意,贪图施舍,终至遭贫受辱,还饿死一亲生骨肉。自古文士酸楚,于此最甚耳!特赋一诗而别:

　　当年一诗天下闻,
　　自古谁怜寒士贫?
　　可怜同谷七歌后,
　　陇山蜀水月黄昏。

丙申年七月二十四

甘南徽县至宝鸡道中,时过大散关

再翻出《呼兰河传》

丙申年中秋节,归豫西伏牛山故里访亲祭祖,盘桓野云斋休憩两日。午间闲暇,从老书柜中翻出少年时买的一本书——《呼兰河传》,书已非常破旧,翻看封底,模糊看到定价只有 0.59 元,若现在再版,恐怕要三十倍以上的价格了吧。看来购藏书籍也是可以增值的啦。

不由想起三十年前读《呼兰河传》时的情景:也是在这间老屋,老屋的门楣上是我请小学老师——村里唯一的秀才哥写的"野云斋"三个字。老屋破烂不堪,阴暗潮湿,老鼠横行。夜里睡在破木床上,常常因为老鼠在屋梁上打架,打败的那只尖叫着掉到我的头上而把劳累了一天的我惊醒,也常常是不等我抓住,这家伙就哧溜蹿起来钻到我的书柜里。爱书如命的我哪里肯依,翻身下床,赤手空拳就去书柜里逮,命好的就仓皇逃了去,动作稍慢的就被我一把掐了头,摔死在堂屋地上。谁叫它们敢啃啮我来之不易的书籍呢!那书柜里,就放着我买来的《呼兰河传》。

少年的我很是爱惜这本书,红笔点来蓝笔圈,读得很仔细、很专心,对东北白山黑水的最初印象也是从这本《呼兰河传》里来的,甚至对萧红这个叛逆的才女还有点儿暗恋的感觉呢。

以后的这么多年,也曾暗想,如果萧红不英年早逝,名气一点儿也不会比张爱玲、丁玲、林徽因差。可惜了,这个被鲁迅先生赏识提

携,被一代诗圣柳亚子怜惜,只会写作不会生活的才女,孤独地死于
1942 年 1 月 22 日战乱中的香港,葬在偏僻的浅水湾,只活了 31 岁,
比曹雪芹还年轻。

或许,这就是天妒英才吧!

2012 年初夏去香港,导游带着我去了浅水湾,看那些高楼大厦,
看李嘉诚风水很好的宅邸。我想去看看萧红的墓,但同行者中几乎
没有知道萧红的,也更没有多少人愿意去看那死人的墓,导游只得
取消了此项行程。

有机会,我还是要去浅水湾看看的,看看萧红的墓——包括萧
红的故乡,远在黑龙江的遥远的呼兰河。

老屋如今已修得比较华丽了,"野云斋"三个字也换成了南阳名
家、书协主席郭国旺先生的书作,被镌刻在高悬的红木匾额上。而
书却破烂得更厉害,污迹斑斑,纸色泛黄。翻一翻,弹去灰尘,找找
指间溜走的岁月,回忆少年时代求知若渴的感觉,重温骆宾基 1979
年 7 月 20 日写的后记。骆宾基是萧红死时唯一守在她身边的人,但
他不是萧红的情人,更不是她的丈夫,文学知己而已。文中说他写
此文时,萧红已去世 37 年,而今天距我再次读骆先生写的这篇后记,
也过去了整整 37 年。竟然如此惊人地巧合!

此刻,野云斋外的太阳依然暖洋洋的,甚至有点燥热的感觉,丙
申年的秋老虎真是厉害。白云在野云斋对面的山顶上武士般地游
荡,似乎总也飘不走、飘不完。野云斋后边的老梧桐树上,秋蝉声细
弱,几近寂灭。村后水泉沟里涌了几千年的蟒蛇般粗的泉水,已经
细若尿流,更难听到泉水叮咚了。村树也正在老去,犹如正在老去
的村庄。时空是如此的寂静,寂静得几近无情和伤感。

想起在宛城的一次文友雅聚,聊起萧红、丁玲和张爱玲等民国
才女作家。《南阳日报》"白河"副刊的美女责编曾碧娟女士说,其实
她们都蛮可敬,也都蛮可悲的。民国有太多投机的才女作家:丁玲

投机政治，萧红投机男人，张爱玲……猛一听，也真有些道理。丁玲这个女秀才，受革命思想的鼓动，戎马半生，革命成功后，又九死一生，留下的是沧桑与屈辱，泯灭的是青春与才华。一个月前，在山西大同登北岳恒山，站在恒山顶上，远眺桑干河支流，就想起丁玲的代表作——《太阳照在桑干河上》。而现在的年轻人，或者说如我等"文学中年"，又有谁还会记得这些呢？包括放在我眼前的《呼兰河传》，不也是在我商旅之余，宦游归来，酒足饭饱，自然醒后，才偶尔翻翻的吗？假若她曾是与我相爱相恋相伴的少年女友，那少年已远远地走出大山，这一等，就是三十年！可以想见文学的衰微，让人心寒心酸。

但这本尘封的破旧的《呼兰河传》，还是让我想起了孟浩然"人事有代谢，往来成古今"的诗句，想起了《兰亭集序》里"向之所欣，俯仰之间，已为陈迹"的古语，想起了"滚滚长江东逝水，浪花淘尽英雄"的歌唱。纵然岁月能淘尽英雄，却淘不尽亘古不变的人文精神与情怀……

丙申年八月十六
于伏牛野云斋

节欲是最好的养生

　　清晨自然醒来，窗外铺满金色的阳光。推窗，秋的气息扑面入怀，沁人心脾。感谢这清晨、这阳光、这秋的气息。

　　感谢自媒体时代，让我这个喜欢自我表现的透明人，能够自由地、酣畅淋漓地用光和影像记录诗意生活，还原潇洒人生。

　　感谢诚挚而有缘的朋友，不管你是诗人、书法家、官员、音乐家、银行家，还是农民、卖板面的，能在昨天陪我度过一个快意的公元生日，我都要真诚地感谢你。

　　太阳每天都是新的，这是我熟知而坚信的，我会好好过好每一天，认真过好每一天。

　　精神无穷，但生命有涯，节欲是最好的养生。

　　它能让你奔忙一天、豪饮一天、醉眠一夜之后，仍然可以精力充沛，面对千头万绪、纷繁事务，不畏艰辛，井井有条。

　　怀念曾经的峥嵘岁月，怀念曾经爱过的蒙娜丽莎，尽管她已远去，只留下背影和微笑，但曾陪我度过寂静的夜，始终不渝、无悔。

　　怀念照片中那个略显腼腆的青衣少年，清瘦而忧郁。那时候还是在洛阳，迷茫，流浪，彷徨，忧伤……而转眼，转眼已是二十五年……

　　青春虽然不再，而岁月依旧安好。唯有愿望，再回首时，能于醉眼迷离中,在书架上看到你如花的英姿,嗅到青春芬芳的气息,犹如这笑尘九子的《前世》,犹如这昂首欲飞的陶制的龙……

2015 年 10 月 9 日

于宛城笑然居

农家少年作家梦

如果说,拿到了作家协会证书,可以算作一名作家的话,自己是不是也忝列作家行列了?

如果说,成为一名省级作家协会会员,也可以算作一名作家的话,自己是不是也可以说,终于圆了一个梦,一个从 12 岁起就开始做的作家梦——甚至因为极度崇拜鲁迅,曾经幼稚地把自己的名字改为"王迅",而被同学们嘲笑的那个作家梦!

如果说,这个梦因为出了几本书,而终于被县、市、省三级作家协会吸收为正式会员而实现的话,那么,我可以告慰自己贫穷、敏感而多梦的少年,告慰九泉之下长眠了 15 年的母亲:您唯一的儿子实现了他少年的梦想了! 母亲曾因为怕费电而狠心拉灭我床头可怜的 15 瓦灯泡,逼得我半夜偷偷跑到村头的路灯下读书,以至于眼睛早早地开始散光与近视……

记得去年秋天回到老家,整理书籍杂物,翻出这本珍藏了四年的河南省作家协会烫金的会员证,抚今追昔,不胜唏嘘!

静立一旁的儿子认真地问我:"爸爸,您一直没能够做自己最喜欢的职业,后悔吗? 有失败感吗?"

我说:"尽管爸爸最终没有成为一名领财政工资的职业作家,或者说没有把成为一名著名的、专业的作家当成毕生的目标来奋斗,但爸爸现在能够有机会和名家甚至大家在一起,聆听教诲,探讨文学,已经是心满意足、三生有幸了……"

看儿子听得入神。我继续感叹:"人生是一场接力赛,更是一盘永远充满未知的棋局,关键是志不可无,梦不能灭,毅力不能消磨,方向不能迷茫……你才15岁,我不求你将来也要当什么作家——那是爸爸的少年梦,不一定也适合你。但身为男儿,一定要有你自己的志向和梦想,坚持二十年,蓦然回首时,你会发现你一直是很棒的!"

儿子说:"那爸爸你啥时候也给我写一首诗吧?"我大悦,说:"一定一定,但今晚不行了,等有诗情时一定写首最好的赠给你。"

果不其然,一年后的暑期最后一周,我带儿子去鄂西北、陕甘南一代游历考察。儿子不辞辛苦,和公司考察组员工一样翻山越岭,汗流浃背,走村入户,粗茶淡饭,不嫌不怨。尤其在我大醉时随侍左右,端茶倒水,寸步不离。一日诗情起,遂作《示儿》一首相赠;

> 少年与父竟比肩,
> 有事一马敢当先。
> 坎坷沧桑半生路,
> 转头一十六年前。
> 读书不必破万卷,
> 善行方知道不远。
> 男儿志当修文武,
> 磊落高瞻天地宽。

2016 年 10 月 20 日

于宛城笑然居

拜会二月河先生小记

乙未年七月末，天高云淡，秋风送爽。南阳市卧龙区区委大院，泡桐疏影，雪松挺拔。随散文家水兵兄，往拜著名作家二月河先生。

先生乃国际文化名人，著名作家、红学家。毕二十年之功完成的"清帝王系列"历史小说，数次荣登全球华人作家畅销书榜首。小说被改编成电视连续剧后，立即热播并持续至今，观众累计十多亿人次，实乃世界文化一大奇观。约五年前，笔者怀着敬慕之情，一挥而就写下了一首《咏二月河》：

> 太行汉子白水居，
> 居处卧龙与凤雏。
> 西来秦风南来楚，
> 不赋楚辞著清史。
> 清史稿绝三编韦，
> 帝王系列惊海内。
> 谁言唯唐多才子？
> 南阳纸比洛阳贵！

此诗连同《清明悼乔典运》，曾投寄《中华诗词》及《南阳日报》。《南阳日报》编辑曾问我征求过二月河老师的意见没，我说没有。因为彼此不认识。所以该报只发表了悼作家乔典运先生的那首诗。

先生虽名动天下，却异常地朴拙随和。与夫人仍居一处建于三十年前极为普通的简陋小院，除开几株点缀的花草，里里外外没有任何装饰。及入陋室，见先生端坐书案一角，红光满面，精神矍铄，未及开言，一股书卷之气扑面而来。因之前有过联络，我即道明来意，奉上刚出版的诗词歌行集《前世》三本，并将其中一本签赠本翻到印有《咏二月河》的第 99 页。先生仔细看过，连说"诗很好，诗很好"。又说："王先生你诗中对我过誉了！南阳纸比洛阳贵？不敢当，不敢当啊！"我说："古代造纸术和印刷术落后，才导致一时洛阳纸贵，而先生书的销量，若放到古代，说'南阳纸贵'是不夸张的。"我把三本《前世》放到先生的书桌上，先生说："咋这么多？"我说："您这里谈笑有鸿儒，往来无白丁，有诗词大家来了可转赠一二，使我提高、帮我宣传啊！"先生笑了。

随即又把中国书协会员、南阳书协副主席、著名书法家王学峰贤弟精心抄写的《咏二月河》书法作品展开，请先生过目。学峰弟的隶书古雅大气，力透纸背，先生看得很认真。我就借此一分多钟的时间，把诗仔细朗诵了一遍……

时近中午，与先生告辞，欣然带水兵等去独山之下的永润花木生态园吃农家餐。呼朋引伴，且歌且行。同行者，散文家水兵、文学评论家薛继先、书法家王学峰、摄影记者高欢女士也。

古人云，小隐隐于野，大隐隐于市，今者当是。又有语云：见好书不读，遇名师不拜，生之憾且愚也！故今之拜会，幸之幸之者也！

乙未年七月二十九日

记于宛城白河之南

小信任，大感动

午餐时，一个人在建设路一沙县小吃店要了一碗拌面和一碟青菜，边吃边想着事情。吃完拿起手机，戴上我的遮阳帽，不自觉地走出了餐厅。伸手去开车门，忽然想起没有结账，便又折回去，看见老板娘还是站在操作间，远远地看着我微笑。

我问多少钱，她答九块钱。付了钱，我问她："怎么没追出来，不怕我走掉不认账吗？"

这个来自福建，秀气而和善的老板娘，用闽南普通话清晰而客气地说："不会的，我看你心事重重的样子，知道你是忘记了。我还知道，你只要想起来，肯定会回来的……"

被信任是一件多么令人感动的事，尽管只是九元钱的小事儿。

生活和事业中，我们常常由于自觉或者不自觉、迫不得已或者不可抗拒，而做出失信的甚至是错误的行为。但应该记住，一定会有人一直在期待着我们的回头，而我们行走在商海和江湖中的人，只要想起，一定要记得回头，承担责任，践行忠诚……

以此自勉！

2015 年 8 月 25 日

制胜气质

红尘笑笑生曰：

生为男人，沐日月光华，浴昼夜雨露，受父母精孕，随蛇蝎成长，与虎狼共舞。若欲顶立于天地之间，当既有书卷气，又具流氓气；既有宽广胸怀，又赋风流才情。唯如此，方不负男儿本色。

无书卷气质，闯王李自成终归败绩；无流氓气质，所谓秀才造反，十年不成者也；无宽广胸怀，文武双全的黄巢攻入长安，满城尽带黄金甲，大唐根基动摇，然处处猜忌设防，吝啬富贵权位于起兵跟随者，故致亡命天涯，落得个"天津桥上看余晖"；光武帝刘秀，中兴大汉，彪炳史册，光耀千秋，然山野樵夫，中规中矩，情专义笃，毕生精力献于天下苍生，朝政累牍之外，不见风流情事、锦绣文章流芳世间，虽多一幅历史壮阔，却少一段人间佳话也……

呜呼，"生子当如孙仲谋"，实不若玄宗与乾隆，文武兼备，富贵而风雅，位尊而高寿，难乎哉！

2015 年 7 月 10 日

郑州黄河迎宾馆，午后茶歇间

风浪之中，学会感谢船长

在这个经济大转型的 2015 年，每个准时拿到工资的员工都应感谢你的老板，尤其是经济下行的当下。你也许不知道，你上班玩手机的时候，你的老板正在因某个项目迟迟不能落地，茶饭难下；你也许不知道，你盼望发薪的时候，你的老板正在下一张借条上签名；你也许不知道，当你一边工作一边浏览色情网站，或者戴着耳机悠闲地听着流行歌曲的时候，你的老板也许正为某笔资金久未到账而寝食难安……

现在中国的老板，百分之八十以上都面临着资金压力和倒闭的风险。船覆的时候，下场最悲惨的是船长！因为船员可以随时弃船逃命，但船长却不行，他舍不得他那条船，更舍不得曾经同船共渡的员工！

亲爱的公司员工啊，每一个船长都不会要求你在风浪骤起的时刻与船共存亡，但请善始善终地做好自己本职工作，可以吗？停止对公司吹毛求疵地抱怨，可以吗？停止对老板刻薄冷漠地挖苦与嘲笑，可以吗？停止事不关己、高高挂起、置身事外、幸灾乐祸的姿态，可以吗？要知道，既然选择了这个公司与老板，就应该时时回想起当初你决定应聘时怀抱的那份虔诚与梦想！

越是在最艰难的时候，越是英雄显露本色的时候。同舟共济，甘苦与共，既是对公司最大的回报，也是对自己才干与人品最大的证明！

2015 年 5 月 19 日

偷书记

一位古代文人曾说过一句名言："书非借不能读也。"而四大名著，竟然是我"偷"来才读到的，是不是更稀奇？

记得孩提时代，生长在豫西伏牛深山的一个小村庄的我，和同伴们过着贫穷而快乐的生活。在一个漫长暑假的夜里，我们光着脚丫子跑了十几里看电影《大闹天宫》，被孙悟空和那些光怪陆离的神话故事深深吸引了，竟然追着放电影的人看了好几个公社。但同样的故事情节不免叫人失望，总感觉有些虎头蛇尾的，就追问放映员，才知道是有原著的，很厚的几本书。但去哪里找书呢？抓耳挠腮了好一阵子，终于打听到，大队图书室里有！便喜滋滋地找到管图书室的团支书，不料被臭骂了一顿："你这屁毛孩儿，认几个字儿，都想看四大名著？一边玩去！"说完喱啷一声就把门锁上了。透过窗户，瞅着不远处字迹清晰的《西游记》，却翻都不让翻，一时馋得心痒手急。

回到家里一百个不甘心、不服气，第二天就约好两三个同伴，揣着半截钢锯条和一把火钳，趁大晌午团支书回家的空当，溜到图书室。一个放哨，一个掏出锯条飞速地锯木质的窗户棂，一根，两根……试着能伸进手了，快速摸出火钳，慢慢把那本立在破柜子里的《西游记》夹了出来，然后飞速地逃走了……

尝到了甜头后，又如法炮制，偷出了《红楼梦》。可惜《三国演

义》似乎是被人借走了,没能在那个暑假里一饱眼福。而那个笨团
支书,直到快开学才发现了这件事情,扬言要扣我家的工分。最后
在父亲的押送下,我极不情愿地把书还了回去……

三十多年过去了,沧海桑田,物是人非,但认真想想,只有对书
和文字,依然如爱人般亲切与不舍。且不说与周同宾老师因互通书
信而结下的文人友谊,光是每次搬家,书都要特别分类、打包、搬运、
整理、上架、拂尘……

如今自己也算是出了几本书的半个文人了,虽然在文学方面仍然
名不见经传,好在生活的大潮使我荡出了另一条道路——"种树栽花
润沃土,读书品酒行天下",这是我自撰的座右铭,也可以算作心迹的
表白吧。正所谓"不忘初心,方得始终",所有的坚守都会有结果,比如
"偷书"、读书与写书,一路走来,不会枉费了一个农家少年对书籍尤其
是对文学的情愫。

"文字媚人同妾妇,酒棋误我不公侯!"这位清朝才子的见性之
句,也许就是如我般芸芸众书生最真实的写照吧!好在乐在其中,
就是最大的成功和幸福。

2014 年 12 月 2 日

于北京返宛途中

只是一个心愿未了，妈妈

一年一度的三八节又来了，而在这个特殊的节日里，我最怀念的女性就是我的母亲。

母亲给我生命，启我灵性，教我磨难成器的道理，给我笑对苦难的豪气。母亲离开我已经十年，我却时常与她梦里相见。在这个乍暖还寒、春寒料峭的季节里，遥想她身居我为她精心修建的、处于伏牛深山的墓穴里，山风凄凄，蓬蒿瑟瑟，不禁黯然神伤。虽十生十世，也无可报答母亲对我的恩情。

十几年前，母亲尚在时，家境贫寒，因学业未竟，事业困顿，年近而立，却一事无成。曾作诗一首以自嘲自勉：

山清水秀绿杨荫，
村妇体内养精神。
一朝莅世惊邻里，
三十年却默无闻。

母亲生我时，已年过四旬，上有四个老人，下有五六个孩子，抚养之艰难，可想而知。记得母亲说过她是童养媳，六岁送到夫家，到十六岁圆房，一直睡在灶火的柴房里，不知道睡在床上是啥滋味。当时最怕的是饿，几十年不记得吃过一顿饱饭。母亲说，令她最惭愧的事,就是没把我的学业供成。她最知道一个嗜书如命的孩子没书读是个啥滋味。但我对母亲从来没有过一丝一毫的怨恨,我总认为,在那个艰苦而又特殊的年代,母亲能把我们姊妹十一人,一个也没饿死、一个也没送人地养活长大,已是无比的伟大了。倒是我时常愧疚,没能在母亲在世的时候有出息,给老人家提供更好的生活和医疗条件。现在有房有车有什么用?有挣钱的产业有什么用?有名气有社会地位有什么用?……一切的一切,对亲爱的母亲来说,已是隔世,她一无所知,我一无所用。

在这个特殊的节日里,夜深人静,我独居一室,灯光明亮,空调吐着暖暖的热流,窗外却是寒风瑟瑟,雨雪霏霏。故乡山陲的母亲啊,儿子只能用多年前写下的诗句,为您祝福,愿您安息!

"妈妈/是你擦干我第一滴眼泪/妈妈/是你让我学会飞翔/妈妈/我的妈妈/妈妈/只是一个心愿未了/妈妈/我真的不想让你失望/妈妈/因为我的梦想在远方……"

这是彝人制造的成名歌曲《妈妈》中最令我感动的一段歌词。我唱给您,祝您天堂里幸福!

2008 年 3 月 8 日

你好，肥西的紫蓬山

前天我又来到了合肥的肥西,跟上次不同,那次是一个初秋的天气,微凉,但无比温暖,因为有你相伴,紫蓬山的紫是那么的浪漫、诗意盎然。而此次是初春的季节,乍暖还寒,山色凄迷,因为没有了你的陪伴。还有一个不同,上次我们是一同坐车来的,这次是我一个人开车来的。我刚买了一款新车,是一部性能很好的中型车。我开着它,从千里之外的南阳开到了合肥。到时已是午夜,寒气袭人,夜寂静而空旷,竟然找不到住的地方。

朋友请我吃午饭,居然又来到这个叫"老鹅汤"的肥西土菜馆。还是那条街道,那家餐馆,喝着我十年前就喜欢上的"迎驾"酒。据说那是汉武帝元封五年巡游天下,到安徽的金寨时品尝过的好酒,所以就有了这个威仪古典的名字——迎驾酒,它就这样芬芳了两千年。

此时的你还记得这肥西的紫蓬山吗?估计你不会记得的,因为你一开始就没有记住这个名字。你所有的身心都在我一个人身上,你只记住了我。

那一次,还是在这个土菜馆,我们宾主几个酒酣耳热,你却滴酒未沾。朋友开车带我们去他们的工地,一个叫紫蓬山的地方。他们公司要在那里建紫蓬山度假村,并且已经初具规模。紫蓬山不高,却很秀丽。安徽的山都很秀丽,比如黄山,比如敬亭山,比如天柱山，比如胡锦涛的故乡绩溪的山，比如这吴邦国故乡的紫蓬山。

我们在山下，紫蓬山在我们的眼前，微微地弥漫些紫色的云雾。我说快看啊，你却只看我，不看山。你紧紧依偎着我，我攥着你的手，风很大，吹乱了你的头发。我想伸手为你整理云鬟，羞怯的你却左躲右藏，使我无法梳理。紫蓬山是如此的美丽，你是如此的美丽，你和紫蓬山都是如此的美丽，一个在我的眼里，一个在我的怀里。此时此刻，我几乎找到了汉武帝的感觉，江山和美人，一个都不能少，一个也没有少。

而此时，我几乎失去了一切。那个老朋友联系不上，你也联系不上。紫蓬山虽近在眼前，我却不想再去。其实对于有些人和事，怀念可能是最好的选择，比如你，比如紫蓬山。不过我也相信，你会好好的，不管我在不在你身边，你一样会安静而美丽，勤奋而努力，就像紫云深处的紫蓬山，安静、端庄、贞洁、幽雅、秀丽、不温不火、春华秋实……

你好，紫蓬山！明天我就要离开肥西，到离你不远的南京去了，我会很快回来看你的。此时静谧不言的你，相信会在我不久重访的季节里，山花烂漫，绿树成荫。我要重新登临，深入你芳菲的怀抱，寻找我久违的诗情与画意。

你好，紫蓬山！花叶不相见，相思从未闲！

2010 年 3 月 15 日
于北京昌平大宅门迎祥酒店

轮回的岁月，诗意的情怀

——子月诗词小辑《轮回》四品

  轮回，这一佛教用语，同样适用于天地万物运转不息的普遍规律：四季有轮回，生命有延续，饱含人文情怀的诗情画意，也一样充满着亘古不变、绵绵无绝期的诗意轮回。

  初读子月先生的诗词小辑《轮回》，是在《躬耕·文化南阳》(2014年10月特刊)上看到的，那一期的刊物也刊登有笑尘九子一组20首古体诗。老师们推荐说，这期有一组诗叫《轮回》，你读读吧，写得很不错。我一口气读完了这组诗，读后竟有一种似曾相识的感觉。

  也许是我对古体诗词天生的喜爱，也许是对诗中描绘的田园风光的美好印象和向往，也许是诗中洋溢的赤子之心、游子之情勾起了我对少年时代艰辛而难忘的岁月的回忆，再也许是对这本期刊的爱不释手……两年来，我不止一次品读《轮回》，而这组诗词作品竟然也如一壶老酒、半盏红茶，一回一回地让我这个挑剔的人，从不同的角度，品出风格迥异却志趣相投的味道来。古人说，奇文共欣赏。笑尘九子也不敢独享，不避浅陋，特辑成这篇《〈轮回〉四品》，以就教于方家。

一 品田园风光

  子月先生的《轮回》，以自然界的春、夏、秋、冬时令为序，每季10

首,凡 40 首。这本身就是一幅岁月轮回的风景画。"春花秋月何时了？往事知多少。"当我们回首往事的时候,总是千头万绪,感慨万千,不知从何说起。而描摹四季轮回,春天当然是首选了。但诗人放在开卷的并不是《春十首》,而是《冬十首》,这就体现出来一种艺术独具的匠心。因为明媚的春天,都是银装素裹的冬孕育和催生的啊！

且品这首《冬思》：

漫天风雪铺经纬,纱织山河冬始成。
不尽梅花几重梦,无穷童趣一生情。
千家疏影馨寒月,万里银屏蓄后生。
夜半已闻新柳聚,劝君慎在早春荣。

这首诗从艺术上看,不仅对仗工稳,如"不尽梅花几重梦,无穷童趣一生情",而且用字讲究,推敲到位,比如"几重梦""疏影""慎"等。而全诗的诗眼是末句的"夜半已闻新柳聚,劝君慎在早春荣",把原本描写漫天风雪、蜡梅盛开、素月寒宫、柳蟀初聚的冬天景物的意境,升华到人生哲理的高度了。那就是感悟出来的"冬思"：不可少年得志且得意,谨记大器晚成之祖训。

而另一首小令《春雪》,似乎就是在读者面前徐徐展开的一幅素描画：

飞雪悄栖梦,开怀沐冷晴。
久凌虚小蕾,忽放纵倾城。
残叶随风去,浅红任峥嵘。
小园弦月上,归燕两三声。

从某种角度上讲,五言比七言更难写。为什么?用最少的笔墨,画最好的画;用最简练的文字,抒发最丰富的情感——不论画家还是诗人,都是对其功力的检验。这是一首描写早春小雪的状景抒怀诗,时令当然是在孟春,春寒料峭,小雪初晴,天气仍冷。有什么花吐蕊,就显露出峥嵘的美艳,一时间竟快要有倾城倾国的魅力了。我在故乡的小园里赏春徜徉,不觉间夜色降临,上弦月已经挂在残叶随风的枝头了。神情恍惚间,听到再度归来的燕子轻轻的呢喃声。此情此景,我们每个人都应该是似曾相识的,还是因了古人的"似曾相识燕归来""小园香径独徘徊"。想来这春雪,也一定是有味道的香雪了。

我们再来读一首描写初夏田园风光的词《如梦令·初夏》:

桃李惜时偷长,布谷应声回荡。小院正葱茏,大地蜡黄初上。心旷,心旷,满目尽收希望。

桃树、梨树怕春天悄悄过去,拼命偷偷地生长,布谷鸟的叫声在空中回荡,院子里草木葱茏,田野里麦子已经开始呈现出一片金黄了。这样丰收在望的初夏景色,真让人禁不住心旷神怡啊!

喜悦之情,扑面而来;田园风光,跃然纸上。此为一品。

二 品赤子之情

古语云:人非草木,岂能无情?尤其是生长在农村的孩子,对大地母亲、生身父母的养育之恩,对故乡家园的深深眷恋,更是没齿难忘。体现在诗中,则是无处不在的浓浓的游子之情、赤子之心。一首《拾麦》,即饱含了诗人对童年随母亲辛苦劳动、艰难岁月的深情追忆。

风吹盐碱白茅飞,霜落沙窝麦垄稀。

朝酱暮咸三顿薯,秋穿冬着四时衣。

披星戴月寻遗穗,爬岗翻沟觅漏机。

母子弓身千百度,汗虚瘦粒踏歌归。

母子俩在稀疏的麦垄间奔波,捡拾人家遗漏的麦穗。爬坡翻沟,千辛万苦,又累又饿,虚汗淋淋,可捡拾到的还是些秕瘦少粒的麦头。但心里还是那么高兴,拤着篮子唱着童谣回家。这经历,我们大多数从农村走出来的农家子都深有体会。一个是古诗词说的"少年不识愁滋味",但更多的是劳动,尤其跟母亲在一起劳动,是虽苦尤乐的。

如果说对母亲的爱是小爱的话,对家乡父老、一草一木的惦念,则展现出诗人对故乡的另一种眷恋。这首《蝶恋花·秋月》就淋漓尽致地展现了游子这种眷恋之情:

弦挂碧空霜掠影,万里银屏,夜半余清冷。月隐星繁风物静,儿时小院多安宁。苍叶飘零惊雁醒,犬吠鸡鸣,三唱霞将映。父老披星耕露径,后生晨读问新鼎。

词的大意是:这是一个月朗星稀的深秋之夜,我回到了儿时住过的小院子里,清冷的月光洒下来,院子里显得更加静谧安宁。月亮隐去,繁星满天,时辰早已过了三更,树叶飘零的声音似乎惊着了孤栖的燕子。这时候狗也叫了鸡也叫了,东方既白天欲晓,父老乡亲们开始踏着露水下田耕种了。而我也一直读书到天亮,立志报效故土家乡的恩情!

自古以来,写赤子之情、游子之心的诗文很多很多,而真正朗朗上口又牵人魂魄者少之又少,也就孟郊的《游子吟》、李白的《静夜思》了。不过我最喜欢的,还是宋之问的那一首:"岭外音书断,经冬复历春。近乡情更怯,不敢问来人。"子月的这首《蝶恋花·秋月》是词不是诗,在此不能做艺术方面的类比,但意境中那种宁静、恬淡、自强不息、立志报效故土家园的朴素情感,无疑是一个游子归来最真实的心境写照。

三 品书卷之气

岁寒三友者,梅兰菊也;花中四君子者,梅兰竹菊也。不管三友抑或四君子,梅兰菊皆在其中。这既是文人的志趣,更蕴含着中华文化一脉相承的厚重的书卷气。

子月的《轮回》40首作品中,就有6首吟咏这令人魂牵梦绕的岁寒三友。先看《冬梅》:

严冬着蜜蜡,深雪始开花。
孤傲凌三九,幽香沐夕霞。
斜枝牵玉链,素面待春华。
疏影邀新燕,冰心拌子芽。

猛然一看,诗意很平淡,起句用字也一般,甚至有"花""华"的重音字叠用之忌。但收尾的"疏影邀新燕,冰心拌子芽",忽然间就提升了全诗的意境格调,弥补了一些立意上的平淡不足。

再看这首七言《秋菊》:

重阳时节天犹暖,昼短光催择日鲜。
僻壤野菊多寥寂,喧城陶客少悠然。
饱经寒暑终无悔,历尽风霜始有缘。
弱骨幽香送秋尽,素颜冷艳抱枝眠。

反复读之,我感觉这是一首反讽诗。你看,原本以生长在偏僻隐逸之地为荣的野菊花,也忽然感到寂寥了。在喧哗热闹的城市里,哪里还有像陶渊明那样悠然恬淡的隐人雅士?这些菊花饱经风霜之后,虽然口中也说着无怨无悔,但无奈肃杀风霜的摧残,也只能以柔弱的花骨、幽幽的花香,眼睁睁看着秋天过尽严冬到来,而残花"素颜冷艳抱枝眠"。

世人写菊花,大多溢美赞赏之词,或称傲霜盛开,或羡隐逸之情。激情澎湃如黄巢者,更是豪情万丈,"我花开后百花杀"了。而子月此菊花诗,则是反其道而行之,除了对植物的生物学规律的实情描摹外,不能说不是对社会上曾经的喧嚣浮躁、假命清高现象的讽刺。当然了,诗有千面,这也只是笑尘九子的一种品读而已。

还有诗人写的《岁寒三友》《冬至》等,都在字里行间,散发者涉猎广泛、学养深厚的书卷之气。

四 品家国情怀

圣人曰:诗言志,歌咏怀。这实为诗之至理名言,千百年来也被无数诗人志士所印证着、探索着。大凡诗人,都是真性情之人。思乡情浓、游子情长、家国情怀,无不在诗人笔下荡气回肠。

《轮回》40 首中,没有慷慨悲歌的高调之作,没有牵强附会的"老干部体",也似乎看不到刻意为之的"政治情怀"。但另一种家国情怀的自然流露,是可以被细心的读者所品读捕捉到的。

先看《冬十首》的开卷篇《沁园春·雪》下阕:

> 星辰信步随缘,斗拨汉、风光弄世弦。看大江南北,英才济济;北雄南秀,各领光鲜。穿越时空,浪花淘尽,诗易人生三百年。观华夏,正四时西子,处处春天。

一种昂扬向上的精神风貌跃然纸上。诗人对华夏祖国如画江山的赞美,对民族振兴的自信满满,无形中已经感染和鼓舞了读者。

还有一首《端阳》:

芙蓉绽放醉仙宫,杜宇飞鸣荡寂空。

几户朱门斜野艾,数枝黄杏曳东风。

《离骚》一曲千秋颂,铁骨终生万代崇。

华夏英豪多壮志,神龙竞探问苍穹。

诗取名《端阳》,一定是有楚国大夫屈原的人文元素的。屈原是中国诗歌史、政治史和东方文明史都绕不开的重要人物:文学史绕不开,是屈原杰出的诗歌天才与艺术成就摆在那里,是一座艺术高峰;政治上绕不开,是屈原伟大的爱国主义精神,几千年挥之不去;东方文明史上绕不开,是屈原兼具了诗人与政治家弥足珍贵的家国天下意识与悲天悯人的人文情怀。中国的文人,古时候都是精英士大夫阶层,自幼就受着儒家文化的教诲与熏陶。修身、齐家、治国、平天下,是普遍的也是可贵的政治抱负与济世情怀。正是这种"先天下之忧而忧,后天下之乐而乐"的情怀,推动着华夏民族至今屹立于世界民族之林,并不断迎来新的伟大复兴。

笑尘九子不懂政治,也远离高高庙堂,只是自幼所耳濡目染的圣贤之书让我多少也懂得一些世间的道理,稍具所谓的文人情怀吧。《古诗十九首》开篇曾吟咏道:"生年不满百,常怀千岁忧。"忧什么呢?忧的就是天下苍生。《轮回》的《识春》里的"淡对尘缘观盛世,当歌岁月乐为民",《秋荷》里的"出淤不染清涟濯,入墨无瑕气节牵"等,也都在诗情画意之间,透出诗人对荷花高洁气节的由衷赞美,和对奉献境界的真诚向往。

《轮回》的体裁是古体诗和词。就如在前序里所说:"诗词是最凝练的语言,它可以记录更多的东西,所以我选择了这种体裁,用心、用它留住记忆、留住传承、留给后人。人生是一首歌、一出戏、一幅画、一场梦、一盘棋……取名《轮回》,以自我释然,聊以慰藉。"可见用心之苦之诚。说起古体诗词,也不能不谈这种虽悠久古老而魅力无穷的文学体裁的"清规戒律"。简单地说,诗讲究的一个是韵律,一个是平仄,一个是对仗,词则更细致多样,因为有词牌名在那里约束着。笑尘九子不是诗词格律研究专家,自己的作品也和《轮回》中部分作品一样,存在平仄不合、新旧韵混用甚至出韵的现象。但我多年的观点依然没变,那就是:既然采用了古体诗词的创作形式,那么基本的要点、要求还是应该遵循的,比如体现音乐美的押韵,体现结构美的句式和平仄,体现形式美和语言美的对仗与用典等。好在平仄不合可以拗,失黏失对可以救,韵脚随着语言环境的变迁,是完全可以创新发展的。总之,诗词创作不能因词害意,不能无病呻吟,不宜背离古体诗词基本规律太远。

古代诗评家钟嵘在其绝世之作《诗品》中说:"动天地,感鬼神,莫近于诗。"故则古有屈原、太白与李贺,近有达夫、鲁迅和海子。《诗品》又说:"故诗有三义焉:一曰兴,二曰比,三曰赋。文已尽而义有余,兴也;因物喻志,比也;直书其事,寓言写物,赋也。宏斯三义酌而用之,干之以风力,润之以丹彩,使味之者无极,闻之者动心,是诗之至也。"

好一个"使味之者无极,闻之者动心"!笑尘九子自幼喜诗读诗,13岁始习诗作诗,也有诗作布世,然斗胆行文评诗者,此乃首次。为不致贻笑大方,故取名《〈轮回〉四品》,算作笑尘九子粗浅诗词观的坦诚流露吧。

丙申年九月二十九日午夜

秉烛于宛城笑然居

当年题名已足愁

　　不知怎么我有了空闲,来到一处幽馆,约李涵秋先生出来吃茶聊诗文。李先生还是穿了一袭素色的长袍,戴着一副高度近视的金丝眼镜,这副打扮算是晚清民国文人的标配。我笑着说,都公元两千年了,总不能让人家一眼认出您啊!他"哦"了一声,脸稍微红了一下。他让我稍等,便回屋换衣服了。

　　一袋水烟的工夫,李先生再次出现在了我的面前,这时他已是一身西装革履的现代正装了。他整齐且打了摩丝的头发黑黑的,这与我半谢的头顶形成鲜明的反差。我们踱到一个热闹的酒肆,在一个长条的几案边并排坐了下来。

　　我要了一碟花生米和一碗萝卜炖肉,什么肉我忘记了。我请李先生点,他说只要一壶好茶,我说好,那就龙井吧。他说他们扬州老家人最爱喝的还是太湖边上的碧螺春。我"哦哦"了两声,为自己的疏漏而惭愧,忙说:不来条鱼吗?鳜鱼还是武昌鱼?要不就来条清蒸的武昌鱼吧!记得你诗文里经常描写武昌鱼。李先生说,我不食荤腥久矣!真要我点,就来份莼菜烧豆腐吧,我妻子也是常烧给我吃的。

　　酒是江南的女儿红,三十多度,而我这个中原人喜欢喝烈酒,但这酒肆里没有卖,就换了大杯喝,以图痛快。我们开始聊诗词歌赋、文人情怀。"文字媚人同姜妇,酒棋误我不公侯",涵秋兄,您这一句诗醉倒了多少痴情文人,我也是被醉倒了。这文字竟有这么多情,能让你一生不仕,梦魂颠倒如斯?

先生啜了一口女儿红说,九十多年啦,还是这么好喝。笑尘九子,你既来约我,想是知我的。我也就是个文人,用后来评论家的话说,一个旧式文人,一个文字匠,除此之外别的都不会做。大清没有了,民国这天下又这么乱,多少有本事的人都做不好官,何况我一个手无缚鸡之力的文人?喝酒吧喝酒吧。

我们喝着酒,忽然我想起了李太白大哥,想起了李长吉二哥。便说,涵秋兄,这古往今来的诗词大家,我最佩服您李家,容我称您三哥吧!先生忙摆手说,使不得使不得,虽说都是李姓,人家却是大家,我一个鸳鸯蝴蝶派,写小说的,不入流……我说,写小说的怎么了?曹雪芹、冯梦龙也是写小说的,谁能说不是大家?还有,知道吗,鲁迅的母亲还是您的忠实粉丝呢?先生一脸疑惑,侧了头问我:鲁迅?谁是鲁迅?粉丝?粉丝是啥个意思?

我忽然才想起来,李先生在1923年5月就去了另外一个世界,对爱用文章骂人的鲁迅可能还有一点儿印象,但印象不一定好,"粉丝"这个新词就一定不知道了。遂连忙解释说,鲁迅先生也是文学大家,写小说和杂文的。"粉丝"就是您作品的崇拜者,就像您在汉口声名大噪时,对你崇拜到始终不嫁的那对豪门姊妹花。先生笑了,显然他还没有想起来鲁迅是谁。我抓住这个瞬间说,三哥咱俩照张相吧。便招呼早就侧身坐在对面的一个女子帮忙来照相。

那女子长发飘飘,瘦削身材,一时还看不清是谁。当她举起手中的手机拍照时,我才认出她来,不禁心中一骇:是小薄。

小薄小薄,你怎么也在这儿?小薄说,我刚从乌镇闲游过来,也是闲逛,听着像你说话的声音,就斜坐在你们对面了。没打搅到你吧,笑尘哥?

我说没有啊……又看着她眼中满是哀怨,怕坏了氛围,就催她照相。照第一张时，我看了看，没有图像，就又照了一张。回放看时，我俩都开怀大笑了。那照片上我们跷着二郎腿，可我们明明是坐在矮凳子上的呀！失真了！我才明白小薄的手机和我的手机不一样，她自杀身亡已经三年了，这是头一回见到她，就让她替我们照相，阴间和阳间的手机怎么能一样呢？这样不妥当的，也显得没有礼貌，就招呼她说，来换我的单反相机照，或许更清楚些。

也不知我啥时候带了这日本产的笨重的单反相机，又好像记得没有带啊，因为原本没有打算照相的。只是涵秋三哥见要照相，坐得很端正，还拉了拉西服的下襟，脸也一下子白嫩了许多。我笑问小薄说，美女，你看我和李先生谁年轻啊？小薄说，我看你年轻。我不同意，说小薄咱俩是熟人，别奉承，我头发都快掉没了，三哥满头乌发，眼看比我年轻啦！小薄说，就是你年轻嘛，没有奉承，也没有说谎呀！

这相照得如何就没有再看了。我对先生说，今天也真是巧，小薄也是故人，也在这里遇着了。可是我们没有提前约啊，小薄你说是不是？小薄说是的。先生说，故人最好，说话随便，那就一起喝酒吧。我就对李先生介绍说，小薄也是个文学青年，会写诗和散文。不过诗是新诗，就是郭沫若倡导的那种。先生试图问小薄的年龄，我怕她说错，就替她说，小薄，我记得你是三十一岁还是二十九岁？小薄说，我也不知道。我就说，对对对，是二十九岁。我知道，她跳楼自杀那一年，还没有过二十九岁生日。

我是在她走后三个月回西峡县老家的。一个茶社老板说道：小薄死了，太可惜，多青春阳光的一个女孩，还当过一家大房地产开发公司的副总，说死就死了，听说还不到三十岁。我当时去喝茶，惊得端茶的手停到了胸前，半天回不过神。朋友说，你怎么了？我说，小薄是怎么死的？那茶社老板说，听说跟未婚夫吵架，从四楼翻栏杆跳下来了，下面是水泥地，头都摔碎了。等他男朋友从楼上跑下来时,血流了一地,人已经没气了。我又问,人葬在哪里了?老板说,在她们丁河山口老家。毕竟没有出嫁,是家里的哥哥们收了尸首,拉回去简单葬了。其他后来都不知道了,只是她活着时经常来这里喝茶,也带来客户,照顾不少生意……可惜了!

这茶社老板可能不知道,我就是小薄带来的客户之一。每次回来,只要她知道了,必请我喝茶,所以这里也是常来的地方。每次我都要催问她的婚事,她总是把一杯茶端到胸前,微笑着说,快了,快了!我追问,快了是多久?哥哥急等喝喜酒呢!她就用茶碗或杯子响响地碰一下我的茶杯,说,这就算是喜酒了!又嗔怪道:我都不急,哥急啥?喝茶喝茶。

而此时小薄就坐在我们的对面,安静地坐在那里,怎么劝,她都不吃不喝,筷子也不动一下。依然瘦削的脸上,没有了记忆中标志性的微笑,而是让人揪心的无言凄楚。我怕冷了场,又对小薄介绍说,你不是喜欢写作吗?这可是大名鼎鼎的民国文豪李涵秋先生!大上海,大汉口,大江南北,无人不知无人不晓的。小薄微微点了下头。先生开口说,不敢不敢,不涵春意只涵秋,当时题名已足愁啊!我知道先生是在用自己《自嘲》里的诗句做自我介绍,便接口道:文字媚人同姜妇,酒棋误我不公侯。小薄你不知道,李先生的老师当年是武昌的正厅级大官,人称李观察,专门写信到李先生老家扬州,请先生到武昌来做官。先生说,我一介书生,教书可以,做官不行!小薄闻言,终于站起来身说,先生好,小女子敬你一杯茶。

先生喝了茶,不一会儿竟悄无声息地不见了,像是去小解,或是看出来我们是故人,要留出我们说话的空间。记得有故事说,先生名气大了以后,被接到大上海,常常被大人物请去装点门面。先生不善应酬,也常常悄悄地溜走。但这回该不是吧,所以感觉像是回避一下,好让我们说话。我便对小薄说,先生是名士,很随性的。我问你,你为什么要自杀?小薄低头不言。我说,有多大的坎过不去,值得一死？你知道多少人为你痛惜难过吗？她仍低头不语。我喝了一大口女儿红，也给她倒了一杯。我知道她是喝酒的，端起来递给她，她竟没有再推让，像七年前初认识的时候一样爽快，接过来一口气喝了。接着，我看见她眼泪流了下来。

我叹口气，责怪她：我不是说过吗，有多大难处，都可以来南阳找我，不就一百多公里吗？不想来或是来不了，微信里也可以说啊！

还是三年前的冬天，一次我回到西峡，天非常冷，刮着风。快中午的时候，我给小薄打电话，她高兴地说，哥你回来了，我请你喝茶，你说咱去哪儿？我说，信阳茶餐厅吧，中午就在那儿简单吃点，喝两杯。她先到了，还带了个经营信阳毛尖的女子，说是她多年的朋友。我们先喝茶，后来要了一个小火锅，喝着我自带的高度老白汾。账我提前结了，我怎么能让一个女子结账呢？我知道，她所在的那家房地产公司因非法集资倒闭了，当年赏识她提拔她的老板进了监狱。那老板年轻时也是一个文学青年，喜欢喝茶，在茶社一眼看中她，把她挖到公司，她从一名茶艺师一度做到副总经理。而今楼塌了，她也失业了。

我再次邀请小薄到南阳我的公司帮忙，她还是没答应。我说之前邀请你，你不来我理解，现在那个公司和老板都成这样了，我就真不懂你！小薄说，家人朋友都在西峡县，男朋友也在这里，我真去不了啊哥！不说了不说了，咱们喝酒吧！

我们就开始喝酒。那个酒真是辣啊！饭毕，我要开车送她们回家，她说不用了，你还是自己小心吧，我们骑有电动车。我说好，那就再联系，你有什么难处，有啥苦处，随时来南阳找哥。她说会的会的，竟一下子激动起来，不顾旁边的朋友，拉起我的手，说哥哥你不知道，我心里原本不想对你说的，今天是我的生日，感谢哥哥为我过这个生日！妹子至死不忘，至死不忘啊！我一下子惭愧地惊住了：我真不知道今天是她的生日，真不知道啊！要不酒菜会更丰盛些，至少得有一个蛋糕。而此时寒风中她瘦削的身子有些微微颤抖，被酒烧得绯红的脸颊上，已经溢满了激动的抑或是凄楚的泪水。我不忍看，就催促她走。谁知道这一别竟然是永别……

我叙说这段往事时，小薄静静地听着，不时抬头看我一眼。虽只隔了几十厘米宽的几案，我却看不清她的眼神。我说你怎么能做这样的糊涂事？听说你是跟未婚夫吵了架？吵架有啥了不起的，值得去死吗？她说，活着没意思，不如一死。我说，你纵身一跳挺痛快，那一瞬间想过养育你的父母没有？想过关心你关注你的亲朋好友没有？她说，没有人关心我关注我。我的老板进去了，公司查封了，人们都用异样的眼光看我，歧视我，包括最亲近的人，要我怎么活？我说，不是还有我吗？去年就给你说过，公司不是你的，你只是个打工的，怕什么！这个也是我建议你离开这个小县城的原因。天大的事，走开几年就没事儿了，你不听，唉……你真糊涂啊，傻女子！

小薄似乎感到了愧疚，便主动和我碰了杯酒说，我错了！摔在水泥地上的那一刻，我就后悔了。我的头好痛好痛，还能听见我流血的声音。我一下子想到了很多很多人：母亲、父亲、同学、朋友、同事、我的老板、陷害我的人、教过我的老师，还想到了你……可我浑身无力，我一动也不能动，我陷入了一个黑洞，那黑洞把我整个人吸走了……三年了，我也想回去，一个人摸索着出来，到我曾经去过的北京、上海和乌镇……摸索了很多次，可我再也回不去了！

李先生不知啥时间踱着方步晃了回来，说还是故人好，故人好！看你们聊得好开心！呵呵呵……我连忙站起身来，招呼先生坐下，才发现先生刚才的西装革履又换成了素衣长衫。我说，还以为三哥您去洗手间了呢！这么快就回家换了衣服。还别说，我还真喜欢您的成名作《广陵潮》里那些晚清文人雅士的洒脱形象哩！小薄插话道：什么《广陵潮》？叫俺也看看！我说那是先生的一部长篇小说，很出名的，还是张恨水作的序呢！小薄改了脸上的喜色，稍微有些局促地说,敢问李老师多大年龄?我生怕李先生回答错了,就像生怕小薄回答错了一样,抢着说:四十九,李先生四十九岁,虚岁才五十呢!对吧,李三哥?

先生先是怔了一下,然后用手捋着不知啥时长上去的山羊胡,一手端起酒杯,呵呵呵笑着说,对对对,四十九,笑尘说得对,四十九岁啊。

我怎能不知道,李涵秋先生生于 1874 年,卒于 1923 年,最美好的才华与年龄,就定格在这四十九岁。

我说,我来朗读一首先生的诗,为大家助兴吧:

　　不涵春意只涵秋,
　　当日题名已足愁。
　　文字媚人同妾妇,
　　酒棋误我不公侯。
　　侧身天地一红眼,
　　几度星霜催白头。
　　但说莼鲈风味好,
　　江南曾未有归舟。

酒意与诗意交加的朦胧中,我早已泪眼婆娑。李先生和小薄的影子也越来越模糊。最后他们竟然如梦幻仙境般,再也看不清楚了。

一阵轻曼缥缈的音乐声把我唤醒,我知道这是我手机定的闹铃声。今天是公元 2016 年 11 月 20 日,早上 7 点 30 分,星期六,我把闹铃调迟了一个小时,除了是周末,还因为连日来在湖北武汉考察奔波,我也需要"补休"。而在武汉东西湖一个大学的内部招待所里,我收到河南文艺出版社一个年轻的女编辑发来的信息,她正在审读我的《因风的蔷薇》这本书，请教书中引用的两句诗出自何处。这正是一百年来醉倒无数书生的那句诗：文字媚人同妾妇，酒棋误我不公侯。

此时此刻我斜倚在床上，任由手机铃声催促，我不想过早睁开睡眼，因为这一睁眼，梦中的一切将顷刻间烟消云散。但我还活着，这眼还是要睁的，我还要工作。我就努力把这奇幻的梦境重温几遍，努力记住梦境里的一切。

九岁的女儿躺在我身边。昨晚写作业到深夜，此时还熟睡着，我也不忍叫醒她。独自感叹，除了感慨，只能无言。不只是醒来方觉一梦，人生何尝不是一梦？不管是不名一文的二十九岁的薄命女小薄，还是名噪一时的儒雅文士李涵秋，他们或以凄美的诗文，或以酸楚的命运，走进了我的心，留在了我的记忆里。注定是有缘分的，我应该用多情的文字记下他们、抒写他们、怀念他们。

不由得想起诗圣杜甫梦见李白的句子：故人入我梦，明我长相忆。

如果我没有记错，涵秋先生如果还活着，今年也就整整一百四十二岁了吧？你一生才华横溢，多愁善感，文章盖世，寄情于文字、女子、美酒。百年因缘际会，我们竟然能在梦中相见，实乃三生有幸。小薄女子才情虽不及李兄，然也是性情中人，你还要多多教诲，使之文学水平逐渐提高。只是她小家碧玉，性情刚烈，红颜薄命，还望兄长看在她年幼你一百一十多岁的分儿上，多加呵护关照。

一气写下来，一是感念故人，二则存此梦境，三要以文人的方式送上衷心的祝福与纪念！而最好的方式，便是李涵秋先生当年夺魁的《白桃花诗》了，多想再吟诵一遍：

一曲歌成燕子笺，
梅香楼妃冷秋千。

亭台春浅层层雪，

乌溪风迥漠漠烟。

才子文章惭少作，

美人忏悔到中年。

眼前洗尽繁华态，

消受清寒薄暖天。

丙申年十月二十一日

于宛城笑然居

千依故事

——爱你的三百六十五天

一

雨和你一样,不知疲惫;我和雨一样,等你回家。等你回家,雨才安心地下;等你回家,我才放下了牵挂。

二

你呀,多似他的女子! 凄美之姿,无与伦比。镜含笑,不永伤。

三

忘记了天空的寥廓,只爱那一片云朵,聚散多无常。见欢欣,或无言。未相见,咫尺心间。

四

送君素心如兰,还我一身寂寞。若为爱,那爱为何,为何如此悲悲切切? 若非爱,我怎会,怎会如此凄凄哀哀?

五

红颜此生为君留,望穿秋水终不悔。

六

我愿做一条彩虹,在阳光出现的那一刹那绚丽无比,只为你脸上那一抹欢喜笑容,我便甘心化作尘埃,陪你左右。

七

难道一切的美好都只是长在童话里的幼芽?这世界到底怎么回事啊?崩溃了……

八

我是蜗牛,我要脱壳了。可是脱了壳,就真能换回自由和幸福吗?好迷茫……

九

夕阳卸下了光环,多么安详,那一刻,世界变得不寻常……

十

我的世界里有你一个人就好,已经足够热闹。

十一

你欠我的情人节,你欠我的花,你欠我的属于两个人的约会,你欠我的承诺,还有,你欠我的一辈子,我不再要你还了,你还不起!

十二

两个女人,永远会有牺牲。做不了你最爱的女人,我选择做最爱你的女人,因为我比她爱你。

十三

鱼上钩了,那是因为鱼爱上了渔夫,它愿用生命来博渔夫一笑。

十四

每个人都有一个心脏,却有两个心房:一个住着开心,一个住着悲伤。不要开心得太大声,否则会吵醒隔壁的悲伤。

十五

对你的思念,无止无境,绵延不绝。可是,在我想你的时候,你会想我吗?

十六

亲爱的宝贝,感谢你给过的一切!真的,爱没有错,错的是时间而已。

十七

第一场雪,是为祝福我们而下的。感谢这礼物,2009年最美的礼物。

十八

情到深处人孤独。你那么那么爱我,又如何舍得我难过?又怎么舍得我一人独自寂寞?

十九

满心都是你,却穿越着寒风满世界寻找你。忘记你,谈何容易?

二十

时间不等我,你没带我走。刻骨铭心的是前世过目不忘的眷恋,与今生渺渺如烟的痴守!

二十一

我希望在你一百岁的时候,附在你的耳边,告诉你:"感谢上帝,他赐给我一个世界上最英俊最潇洒只是没有了牙齿的老头子。"

没错,那个没有了牙齿的老头子就是你啊!亲爱的,一起来吹灭蜡烛点亮希望吧。

二十二

好人会一生平安的,我会好好的。如果真的不好,那我也没什么放不下的。因为你不会孤单,只是我多么多么不舍。你也要好好的,否则把全世界送我,我也不会感激你、原谅你。

二十三

一个人,一座城,一生心疼,从此不会再对你说我爱你。我知道,没人可以比我更爱你。

二十四

我不知疲倦地走遍回忆里的一个又一个角落、一条又一条街道,历经一种又一种的心境,偶尔一个小小的情景就可以让眼泪没有止境地向下流,只是因为想起了你。想念你,为什么明明相爱着,却只能一个人活在回忆里?

二十五

侬如雪,不思百花妖娆;伊如梅,恋雪情有独钟。相守了一季,缠绵了一季,牵挂在我一个人的不悔里泛滥一辈子。

二十六

缱绻蔷薇,情从未眠。若有来世,可还我你许下的爱,亦不负我今生如此深情的等待。

二十七

一缕冷香矜持着千年情事,盼断十世秋水的美丽,悲壮在你我无助的宿命里。正是从那一次无言的凄望里,心与心就已许下延续万年的盟约。只是未曾料到,恍然一年竟会是如此舍生忘死的相依。隔世的绝恋之美,在温暖之中自由呼吸,令人思念不已!

二十八

无法割舍的留恋,正在经历的幸福,正在憧憬的美好,正在成长的兴奋与惶恐……走过的年轻,渐渐地长大,在你我共同的记忆里……

二十九

我没有哭,只是眼泪情不自禁流出来了而已。那眼里,有你永远无法读懂的悲伤。在我最想依赖你的时候,你在哪里?

三十

你像一道光打入我的生命,但同时你也是我悲伤的源泉。一年的光阴转瞬即逝,其实我想一辈子都爱你。你能记住这个愿意爱你一辈子的女子吗？

三十一

傻孩子，别哭，别再哭！不值得，真的，不值得了！把过去尘封吧。别委屈，别不甘心，别不接受，开始新的旅程吧！去遇见新的风景、新的际遇，做你该做的事吧！有很多事，等待着你完成呢！

傻孩子，生活褪去了曾有的颜色，暂时宁静。别沉沦在这片宁静里，那会毁掉你。你要明白，虽然残忍，但这个决定足够正确。

三十二

很多很多的苦，苦不堪言！我在等着时间过去，它会如同岁月坟头的荒草，将一切往事掩埋。我相信它总有一天，会带走我心心念念的你。

三十三

做你的好女人，为你唱歌，为你煮饭，为你种树栽花。也许，会为你生一个孩子。也许，我会把厨房弄得像个战场。也许，那个小朋友顽皮得让我束手无策。不过，现在我不用担心了……

三十四

花开花落，万物有时。离开之后，你不要忘了想念我。想念我的时候，不要忘了我也在想你。亲爱的，不要忘了下辈子，我还是你的好女人！

三十五

我想，这个世界上不如愿的人很多，我只是其实中一个。你终究只是给了我很美好的回忆，教会我成长必经的过程，这个过程就是破茧成蝶的过程,再怎么痛,终究还是会过去的。

很多人,心里想念一个人,却跟另外一个人生活在一起,可能我这一生也是这样,但是没关系。真的没关系,有回忆就可以了。

三十六

我把你当皮球一样踢开再捡回来,亲你一下你也一定不会恨我的,对不对?因为你只是木头啊!我开心的时候,你要一直陪我讲话;不开心的时候,不理你你也不会生气,因为你只是木头啊!

我拿刀划你一下又一下,你也不会痛的,对不对?因为你只是木头啊。

对啊对啊,就算你是木头,可是我也会很累很难过的啊!

三十七

想你的时候有些幸福,幸福得有些难过。一滴滴的眼泪,浸湿的是你的位置,枕上有我永远洗不掉晒不干的悲伤。

三十八

你永远不知道我多么多么想你,只有我自己才知道我有多么多么爱你。但我只是爱你,而不会再打扰你了!亲爱的,你要永远记得,你的健康快乐就是我最大最大的幸福!我爱你!

三十九

也许每个人生命里应该都有那样一个人,无论何时想起他来都想哭,会觉得难过和遗憾。无论时间过去多久,只要看见他,还是会泪流满面。

四十

前世的因，今生的果，缘起缘灭，宿命轮回。前世我一定欠下了你很多，才得到今天生不如死的折磨。如果现实与往昔能够交换，痛到死我也会继续选择爱你。无怨……

四十一

是你告诉我你爱我，为了你一切都值得。我相信了，等来的幸福却是夜夜辗转反侧、泪如雨下。心碎的场景是我料想不到的喧闹，流的不是眼泪，是悔恨。我的谦谦之君，为何要以爱之名伤害如此深爱你的我？

四十二

如果有一天你厌了倦了，你渴望离开我自由地飞，我会为你饯行，虽然我固执地认为在你臂弯的甜美远胜于世界上任何的自由。如果你要的自由能够让你更感幸福，那么我可以放弃一切——包括你。

四十三

小鸭子，我们站在一起晒太阳，很温暖，对吧？小鸭子，就算你不讲话我也知道你的忧郁，善良的人总是选择伤害自己。

其实生命没有那么长的，痛苦也不会有那么长。生命是随时都可能终止的契约，就像我们这样。我也不知道哪一天会突然离开你，可是能够在一起的时候我就很幸福。

四十四

小鸭子，你站在那里难过什么？我来带你回家好不好？我们一起讲讲心里话好不好？其实我也不开心，尽管我还对你笑，其实我也不知道家在哪里。

四十五

小鸭子，你到底在想什么？你看小甲虫不是在跳舞吗？你干吗不快乐？小鸭子，你为什么总是不说话？难道你也是在想他？

四十六

亲爱的，新年快乐！祝福你。我们不孤单，很快乐。记得要微笑啊！我喜欢你微笑的样子，很温暖。

四十七

总是在能够微笑的时候无端忧伤，总是在能够洒脱的时候莫名彷徨。我总是这样不知所措地仰望天空，笑着哭是一种说不出的酸楚。爱让原来的喜怒哀乐都变了模样。

一杯水，握到冷才发现又想起了你。忧伤满怀，灯火寂寞。

四十八

想你的时候，连哭泣也是一种幸福，虽然心真的好疼好疼。你总是让我伤心，可我还是一次又一次情不自禁地选择原谅你。不是我没出息，而我真的很在乎你，怕失去你！

四十九

有好多的回忆想和你分享，想重回夏夜等你送我蔷薇。美丽七夕，听你说你爱我，好想把所有的经历再温习一遍。

好想再多看你一眼，再多爱你一点，好想好想你！

五十

亲爱的,你在哪里?你好吗?少了彼此的怀抱,你是否同样觉得失落、孤单。尽管我不知道我们会走到哪里,尽管我是多么希望和你永远在一起。如果有一天我们不得不分开,你要相信我爱你,依然、始终、永远,只是没办法在一起。我知道,你永远永远在我心里,而且很好、很好、很好……

五十一

我们的新年,我多么希望亲爱的你在我身边。为你烧菜了,一直到菜凉,都不见你来。我独自品尝,独自寂寞。一口一口咽下的,是满天相思雨也化不开的咸。幸好,亲爱的,你没来。

五十二

缠绵悱恻的雨流成湖心浅浅的眼泪,青波之上,孤帆远影,不知所语,泪自成诗。

相见无从,相思无度,生死相依的牵念如何度得过这一日如年的朝朝暮暮?

五十二

亲爱的,你在哪里?你来带我走好不好?我真的好冷好难过,好痛好想念。

五十三

最疼痛的爱情,不是你爱的人不爱你,也不是爱你的人你不爱,残忍的是明明深爱的两个人却无法在一起。

五十四

我们拥抱,我们缠绵,可我们中间却隔着穷尽一生亦无法企及的距离。我不怕没有未来,不怕没有前路,你就是我的幸福,是我的王子。就算变成海上的泡沫,也要在你手心里破碎成永恒爱你的模样。

五十五

亲爱的,即使有一天,你的记忆里没有了我,我还是会清楚地记得我们在一起的每一分、每一秒、每一个瞬间。

感情世界里,没有"公平"二字。而我们在一起的这一段时光,是我这辈子里最美丽的珍藏。第一次回眸,第一次微笑,第一次拥抱,第一次勇敢,第一次蜕变,第一次懂得,第一次疼痛……一切一切,清晰如昨。

五十六

其实想一辈子对你好,心疼你、体贴你、关心你,好好地爱你,不给你烦恼。付出柔情和温暖,只希望你快乐。可是,为什么忠贞不渝的爱恋总要重复着一边流泪一边原谅的悲伤?其实你们的祝福不用那么长,两个字使我明白坚守的意义。亲爱的,告诉我,要我怎样承受这样的浅薄?让我用什么来感谢你给我这么好的回报?

我们一起散步,一起淋雨,一起唱歌,我们一起站过的桥、走过的路、看过的风景、留下的脚印,我们一起躺过的位置,我们一起喝过的水。我们在一起很久了,可还是无法在一起,好悲伤!

五十七

传说鱼的记忆只有七秒,第八秒的时候,昨日种种都会烟消云散似水无痕。可我不是鱼，无法忘记萦绕于心的浪漫忧伤。散不去，散不去，散不去！

五十八

想起你，心中便涌起巨大的悲伤与委屈。试着恨你，却想到你的笑容。我也试着对你笑，我知道把微笑留给伤害自己最深的人，需要很多的爱，比恨更多的爱。

五十九

这世上本没有什么放不下的，痛了你自然会放手。也许，平和、宽容会使我慢慢释然、解脱，之后一如既往地尊重你、祝福你。放弃你，并非放弃爱你。因为一切，如此不易。

六十

茉莉花盛开，你芬芳着我的爱。明月照我来，为你守一份洁白。

六十一

缘分像一本书，翻得不经意就会错过童话，读得太认真又会流干眼泪。亲爱的，不要轻言爱。对一个相信美好、相信童话的女子，她很傻，全都当真了。那是一种残忍，会让她在夜深人静的时候流干眼泪。

六十二

从明天起，我会每天早醒一点。这样，就可以多想你一点。亲爱的，我累了。晚安……

六十三

一块红布,先给了她,以后那红布系成了围裙,一生温馨。

一块红布,也给了我,以后那红布系成了围脖,一生温暖。

那一抹红在一个人浅浅怀念的时光里,轻轻围绕,温柔似水。在深邃的天空下,点缀成花,优雅如鹿。

六十四

如若不相知,便可不相思。一切相思,到头来,到头来终成我一个人的冷暖自知。

六十五

一滴滴泪水书写最美的文书,天上人间,只此一约,取名为"爱"。记得长辈说过:年轻是一种罪过。他们说,我们不成熟。其实不是的,更多的只是因为我们执着,如同八公(一只忠犬的名字)用一生的时间等候一个不可能出现的奇迹,它只爱它所爱的人,它只等它唯一的爱人回来。那不是罪过,不是的!

六十六

相信温暖、美好、信任、尊严、坚强,也许挫折,也许孤单,但终于成长。

相信缘分、真爱、坦诚、梦想、希望,也许缥缈,也许短暂,但仍至死不渝地相信爱是纯洁不贰的高贵。

六十七

那些还未来得及实现的诺言,是开了一半的花朵。

小鸭子,我们来用心欣赏,默默等待。

六十八

我以为终于有一天，我会彻底将爱情忘记，将你忘记。可是忽然有一天，我听到了一首歌，我的眼泪就流下来了，因为这首歌，我们一起听过，一起唱过。

真正的悲伤是不能以天来计算的，而是浸透在每时每刻里。小鸭子，你知道吗，直到今天我才真正懂得这些话，这些我曾经不以为然的话，原来都是真的。

六十九

不会罚你，即使可以。我罚我自己。以后只在乎在乎自己的人。想我的时候，不要内疚，我一直明白自己在做什么。

七十

那些你已经忘记的场景原来不是忘记，而是铭记。四季美好，因为有你。

七十一

紫蓬山，我缥缈遥远的紫蓬山，我要你保佑所有善良和执着的人！我就是那祥和的风，缠绵在你芳菲的怀抱。紫蓬山，磐石蒲草，情至终老。

七十二

如若无爱，恨从何来？既然深爱，何必有恨？相守是缘，分开是分。今生相见，已不枉然。得之我幸，不得我命。虽然好痛，可是亲爱的，我依然会用最真的心为你祝福。那些你所不记得的场景，永远地留在了我的生命里，如此深刻。

七十三

虽然我们不能在一起,可是心在一起。每天都在等你,每天都重复着不安。因为距离远,所以才没安全感。爱得好累、好沉重。

那个留给我们一生纪念的地方,或者只是我一个人的纪念,又或者把心之所爱看得太重,才沦陷了自己。百感交集,心乱如麻,千言万语沦为深深无语。不说也罢,不说也罢……

七十四

亲爱的,记住我!下一世,我是你的蔷薇花,开在三生石下,一如今生的,羞色如霞……

游记

欧洲十日

小记

2013 年 8 月中上旬,随中国园林绿化协会欧洲考察团赴西欧进行了为期十五天的考察式旅游。古老、神秘的欧洲大陆和辉煌的科技文明,一直吸引着喜欢阅读并向往远方的我,故才有了旅途劳顿之余的日记写作。这首先得益于我几十年的习惯,更受益于我对世界充满好奇的不泯的童心与诗意情怀。转眼间已过三年,今略加整理,以志存念。

2016 年 8 月 1 日

于宛城笑然居

8 月 7 日　癸巳年七月初一　立秋

从南阳火车站出发,一路向北。一夜火车喤当,恍恍惚惚,时梦时睡。天亮已到河北定州,到北京西站已十二点,这破车竟晚点了两个小时。在火车上买了个充电宝,但不小心碰掉在地,不知摔坏了哪里,再也充不上电。以为手机插口松动了,就在出站口一手机店修理,但店员用店里的插头一试,竟奇迹般地可以充电了。再用我的,也正常,真是奇了。刚勉强开机,本打算给妻子发短信报平安,谁知妻子的短信就先进来了:"该到北京了吧?"真是心有灵犀啊!眼前不由浮现出她昨天傍晚送我到火车站,转身时眼角含泪的瞬间。女人就是心肠软,出个国还怕我不回来了? 但这会儿心里还是有些小感动,也许她担心的是我坐飞机不安全,万一飞机掉海里回不来了呢!

坐机场大巴到首都国际机场,等候于此的酒店服务员将我们接至丽豪酒店。青岛苗木协会王副会长已先到,这个团里也就只和这位老兄认识,我俩被安排同住一室。老兄说抓紧休息一会儿呀,晚上十一点的飞机,飞赴荷兰阿姆斯特丹。到了要倒时差,应做些准备。出去手机就不好用了,我就先后给中国林木进出口公司陈经理、河南农大冯院长等人打了电话。

8月8日 农历七月初二

十八点三十分集中吃晚餐。团队人员初次相见,矜持中带着客气的热情。在国内最后一次吃正宗中餐了,很丰盛,大家都吃得很多。二十点回到宾馆,简单休整后,二十一点统一进机场,办理安检、行李托运等一系列手续。零点登机,零点四十分起飞。夜色凝重,什么也看不见。拍了几张照片发微信,不久即收到十条回复,均为好友祝福。

飞了将近六个小时,飞机在塔什干降落,竟然在乌兹别克斯坦境内。原来旅行团选择的是一条西行路线,由北京向东北,再向西北飞,经过青海、新疆。到达塔什干国际机场,此时为北京时间八月八日早上六点三十分,而本地时间为八月八日早上三点三十分,时差三个小时。台湾领队把四十人的团队又分成四个组,每组推举一名组长。我们组长为一女性,姓红,上海来的。大家在机场商店参观了一个小时,见识了 XO(白兰地)、人头马、轩尼诗等世界名牌洋酒,比国内便宜百分之五十左右。

休息的同时观察候机厅的乘客,多为棕色人种,但中国人也随处可见。地上躺着一排一排睡觉的各色人。北京时间八点多,经过安检程序换机,继续飞往德国的法兰克福。起飞时已是本地时间七点钟,太阳初升,霞光万道。幸运地坐在飞机舷梯旁,透过舷窗看飞机起飞的全过程。窗外景色飞速后退,城市就在脚下越来越渺小。突然发现,塔什干这个亚欧航空中心城市的旁边竟然如此破烂,连几栋像样的高楼大厦都没有,并且周围尽是散乱的农田与不起眼的河流与村庄。

飞机很快掠过城市,眼前开始出现白色的沙漠和戈壁。广袤的沙漠一望无垠,偶尔可见一些浅浅的河流。在某个低洼之处,积几个不大的湖泊,有水的地方就出现深绿的颜色,应该是沙漠中的绿洲了。两个小时后,飞机出现在一片大海的上空。白云似雪,在这里堆积成狮子山的造型,引得客人纷纷拍照。打开座位前的多媒体,看飞机飞行实时图,果真是一片海。标注的是英文,也不确定是黑海还是阿富汗的领空。果然,很快到了一片荒漠似的地貌。欧洲空姐送来丰盛的午餐,有牛奶、面包、牛肉干、鸡煲、奶酪,还有西红柿、黄瓜段、可口可乐、茶水、葡萄酒等,一应俱全。由此可以看出,欧洲人对营养的认识是比中国人全面的。味道不习惯,但总是要习惯的,包括用刀叉餐具。细细品尝了半个小时,一排十二人就剩我一个人在吃了。

因为是自西向东的航线,飞机是经东亚、中亚、地中海、东欧,一直飞向德国。过了阿富汗,眼前就出现了田野似画、河流明亮如镜的迷人景色。透过薄薄的云层遥望,可想而知是美丽富饶的欧洲大陆了。与刚出塔什干的荒漠相比,简直是天壤之别。可见,地理优势绝对是人类追求宜居环境的重要标准之一。飞机越向西,地势越平坦,河流越宽阔。土地墨绿、浅黄、青翠相间,阡陌交错,河流纵横,在难得一见的万里晴空下分外娇娆。欧洲,这片近代文明的重要发祥地,一览无余地呈现在万米之上我的眼前……

飞机上安装在乘客座位前的多媒体显示,我们只飞了二分之一多一点儿的路程。因为标注的全是英文,只能凭感觉是过了芬兰、比利时等国。一个小时后,飞机掠过一片开阔河流两岸的建筑群上空,应该是到了巴黎,对照英文 Paris 似乎是的。遗憾英文没学好,走时又没买本世界地图——其实是想到了,只是书店没有卖的,首都机场也没有卖。

飞机终于在下午三点左右降落在德国第五大城市法兰克福的国际机场。当机轮落地发出震耳的轰鸣时,机舱内立即响起了激烈的掌声——终于安全落地了。鼓掌的有欧洲乘客,更多的是来自中国大陆的客人。辗转十二个小时,行程达九千八百公里,我们终于从东亚的北京,跨越遥远的中亚、东欧和西欧的大陆,平安落地于美因河畔的法兰克福。

此时德国时间是上午十点四十一分,导游张青松将大家集中起来开会。第一件事就是把时间调整过来,俗称调时差。首先从调表开始,把北京时间三点三十五分调为当地时间十点三十五分。

第一站去老城的罗马贝格广场,广场位于美丽的美因河畔。美因河是莱茵河的一条支流,河水清如明镜。这里被称为通向世界的门户。广场周围是旧的市政厅,古朴简洁。西侧三个山形墙的建筑,是法兰克福的象征。大铁桥横跨在美因河上。游人不多,但桥上挂着各种各样的铁锁,据称是情侣们锁上去的,表示同心同爱忠贞之意。拍了一些照片作留念,用的是去年买的尼康单反相机,画质应该还可以。

转眼到了吃午饭的时间。张导带大家到了一家中餐馆,都是事先定好的,六菜一汤。可能是饿的缘故吧,吃着还可以。饭后即去德国另一个城市科隆,想必也不太远,三点多就到了。科隆素有"世界博览会城市"之称,位于著名的莱茵河畔。年轻的时候,读欧洲的文学作品,包括学世界地理,知道莱茵河是德国的母亲河,也是欧洲一条著名的河流。它发源于阿尔卑斯山脉,全长一千多公里,向东流入北海。河畔就是科隆火车站,规模似乎只有中国县级火车站大小,很安静。车站旁边是世界著名的科隆大教堂,高约一百五十七米。我和来自上海的红女士、来自广东的陈先生三人商议着,先到莱茵河畔欣赏风景、拍照,再参观大教堂。我们从大教堂左侧走下巨大的台阶,通过地下铁道,越过马路,来到莱茵河边。这里风景迷人,河水涌动着波光静静流去。河面宽阔而平静,更是清澈得没有一丝杂物。两岸建筑风格迥异,但没有高出大教堂的现代建筑。柳树、枫树在大西洋的入口凉风中飘逸而安静地站着。大家互换着拍了许多珍贵的照片,才返回教堂。

从旁门进入,大教堂的穹顶高得需要仰视,庄严肃穆。一排排白色蜡炬安放在小圆盒内,信徒们可以随意拿出一支点燃,然后在耶稣像前祷告。如此庄严的场景让我想起母亲。她晚年信奉基督教,我理解并支持她,为她买来《圣经》和《信仰的根基》两本书,她喜欢得不得了。母亲去世后,我亲手把那本《圣经》放进棺材,并且就安放在她的枕畔。今天来到欧洲最大的教堂,我点燃一盒白色蜡烛,以一名东方游子的心情,为安葬在万里之遥的母亲祷告和祝福,愿她的灵魂安宁。

傍晚的时候集合共进晚餐,还是在那家中餐馆。偶尔听到有位青年男子的一句方言,他竟然是河南的。遂搭话,真是河南人,开封的。他国遇老乡,团队的人也很惊奇,因为全团只有我一个河南人。

张导说按行程今晚住荷兰的阿姆斯特丹,距此地两百公里。七点半上路,直到九点钟天色依然明亮,应该是纬度高的原因。一路上霞光满天,牧场上的牛羊在蓝天白云下悠然吃草,风景如画。到宾馆已经晚上十点钟了,直到住进酒店,天色才真正黑下来。洗漱一番,困极而睡。只有好好睡一觉,才能把时差快点儿倒过来。而此时的中国,应该已经是八月九日凌晨了。

8月9日　农历七月初三　晴

经过万里劳顿,出发时还很兴奋的团友有些萎靡不振,故团队九点半才出发,前往位于阿姆斯特丹市中心的钻石工厂,显然是安排旅游购物了。一路上,大家闲谈西式早餐如何不习惯,但中国的小孩却早已习惯了。就像我的孩子,一段时间不见汉堡、火腿和冰淇淋就嚷着要吃,可见饮食无所谓好坏,习惯使然。但西餐就是适合西方白种人吃的,他们体形虽胖,但罹患心脑血管疾病的却并不多见。而我们东方黄种人就不一定同样适合这种以甜食为主的饮食结构,而且糖分稍微过量,血糖就会增高。

钻石工厂其实就是钻石切割间,几间门店装饰得非常简洁。里面的工艺师傅是荷兰人,店员当然是华人,据说大多是留学生,女生居多。她们个个年轻貌美,我偷拍了两张。她们来自大陆或港台,通晓英、荷、中等至少三种语言,当然她们是专门接待中国游客的。同去年夏天在香港购物一样,一切都是预演好的程序:科普、宣传、购买。不过看样子,这个团的成员有不少是见过世面的老板,钻石没卖出去多少,而手表和其他宝石、皮具倒卖出去了不少。有一对来自河北的夫妻,两个人购买了约二十万元的名表,其中一块劳力士一万多欧元,折合人民币十一万多。张导也说他带了十年团,欧洲也来了两百多次了,外国人最喜欢中国游客,尤其是大陆来的,专买高档奢侈品,还排队买,这里也经常被抢购一空。欧洲人也由最初的看不起、惊讶到最后的敬服。

想起去年在香港观光,长沙搞园林的任总一块十几万的表曾震撼全团,今年端阳节长沙见面果然见他戴在手上。身价啊!我们几个中老年人也分别挑了飞利浦剃须刀、皮带等。皮带是 Montblanc(万宝龙),据说是世界名牌,在中国卖三千多元一条,这里两百欧元,折合近一千七百元人民币。不过,这个真的需要。说实话,我之所以不舍得乱花钱,一是从小吃苦太多,感觉乱花钱是一种罪过;二是本来也没有挣过大钱；三是发自内心的舍不得，这反过来也阻碍了自己在事业方面的扩张。想起某位老同学，他能有今天的局面全是钱铺出来的。金钱至上，不管人家送也好、铺张也好，至少眼下我的永润公司远不如他。但我也从不自卑，更不嫉妒。我也有一个不一定对的观点：企业不一定做得大就好，摊子大了容易出问题，一旦市场发生变化，垮掉也是分秒的事，还是本本分分地做生意，心里才更踏实。

中餐是在一个叫"杨明"的餐馆吃的。这使我想起住在公司所在地回车镇八龙庙村苗圃旁的那个杨明，活生生的一个人，年纪轻轻的，去年被车碾死，尸首都辨不清。不管别人如何评价，他对于我的苗圃发展还是很支持的，够义气的。来自宁夏银川的王先生和红女士是回民，两人住在一起，说是夫妻，但感觉貌合神离，两人从相貌和性格看都相去甚远。他们和同来的一个做苗圃生意的回族老板三个人吃回民小灶。

下午要去的两个地方，一个是荷兰的红掌生产基地，一个是生产园艺设备的工厂，均不太对路。但路上看到了长势非常好的七叶树，采了几枚果子，外皮有针刺，叶子宽大，锯齿，果然跟国内的不太一样。下午的考察虽然内容有点儿对不上，但一路上迷人的欧洲风光，田园牧歌式的场景，使我大开眼界。尤其是建在苗圃旁边的欧式私人别墅，其设计、构造独具匠心，简直就是一件精美的艺术品！造型植物的修剪和应用，园林小品的创意设计、制作和摆放，都非常值得学习和借鉴。

晚餐又回到那个"杨明"中餐厅。用餐完毕后，在达姆广场拍照留念。广场对角是荷兰王宫，雄伟而华丽，周围是林立的教堂，还有不是很高的国家纪念碑，是为二战中的死难者建造的，同中国的英雄纪念碑类似。在附近小巷的店铺里闲转，先后买了十个具有地方特色和纪念意义的钥匙扣，打算回国送给朋友们。回到酒店已经九点多。走时匆忙没来得及理发，同室的王兄用剃须刀帮我理了发，好在我的头发本来就不多,但还是参差不齐。那情景可笑又难忘!因气温早晚偏低,来时又没带外套,加之近一段时间上火,得了口腔溃疡,呼吸道干热不适,所以喝了开水早早睡下了。老王怕打呼噜影响我,一个人看碟片到半夜。真是好老兄啊!

8月10日　农历七月初四　阴　在荷兰

今天是行程的第三日,导游说白天参观苗圃,晚上参观荷兰闻名于世的红灯区,大家立即就兴奋起来。

先去阿姆斯特丹郊外古老的风车村。村人以做木鞋为业,现在已发展成一个旅游项目。实在是太棒了!孩子们打小从安徒生童话里读过的关于西欧的乡村场景,如今完美地呈现在已经成年的我们眼前。风车和木鞋是这里最亮丽的风景。荷兰地势低洼,常年积水,荷兰人为保护双脚,便于生产劳动,就发明了木鞋。作坊里,一名荷兰男工匠现场表演木鞋的制作过程,短短五分钟就把一截木头变成了一只精致的木鞋。当然,这是在借助现代电动工具的情况下,要是在古代,这需要七个小时。作坊也是展厅,挂满了各色各样的木鞋出售。不过,鞋子在中国人的文化观念中代表低贱,比如骂人"破鞋"等,所以购者寥寥。作坊外是一条弯曲的小河,河边长满了蒲草。河外是一架巨大的风车,矗立在开阔的牧场边上。周围是三两座木屋结构的别墅,色彩风格各有特色。这些景色同低垂的白云、蔚蓝的天空一道,形成了一幅绝美的田园图画。拍了许多照片,其中应该有几张特好的,将来装裱一下挂到办公室里留作纪念。

8月11日　农历七月初五

坐车前往阿姆斯特丹与北部港口的一个小渔村观光。这里面向大西洋,是三百年前荷兰人出海征服世界的出海口。大西洋一望无际,平静无波,远处帆船点点,如诗如画。渔村沿海岸铺开,与这海景浑然一体。镇上的建筑美丽奇特,各不相同。窄窄的石板巷道上,悠闲地行走着肤色各异的人。大家走走停停,时而坐下来喝一杯西斯啤酒,时而在烤鲱鱼的小店里要上几条味道鲜美的鲱鱼。据说,鲱鱼是荷兰崛起的引领者,远销欧洲各地。贸易在带给他们巨大财富的同时,也让他们认知了外面广阔的世界,引发了征服世界的雄心壮志。

漫步在这个美丽的北海渔村,简直就像是在画中、在梦中,一切显得那么的自然。时光似乎已不再流动,也不知自己此时此刻是在当代还是在中世纪。没有想到,大西洋——自熟悉这个名字以来的三十年后的今天,终于奇迹般地展现在我这个从大山里走出的农家汉子面前。

时间关系,大家依依不舍地告别了大西洋,上车前往行程中极重要的公务考察地——苹果花园。一路上大家欢歌笑语,逐一作自我介绍。据说苹果花园是荷兰有名的集观光、休闲于一体的私人花园之一,面积约十二公顷,但设计独具匠心,浑然天成。花园内的小路如迷宫般蜿蜒曲折,一进一出就是一个轮回。花园以奇花异草、古树名木、造型植物为主。这几天给我印象最深的就是荷兰园林中出色的造型植物,其造型和运用让人叹为观止。平顶松树、法桐、槐树等,方形或扇形的梾枫、柏树、山毛榉、女贞,高大整齐的椴树,欧洲七叶树也被修剪成硕大的伞形或宝塔形。尤其是椴树,我早有耳闻,这次才见实景,高大雄伟,气势不凡,使我终于明白为什么植物学家把它列为世界四大行道树之一,这也坚定了我除七叶树外另一个大力发展的信心树种。

花园中偶尔可见用废弃木头、树根、木片设计制作而成的园林小品,有球形、扇形、屏风形的,有雕刻成人物或动物形状的,简单而随意,在传递美感的同时,也是非常好的废物利用型环保项目。还有用沙子做成的高密度砖,非常环保和实用。

很显然,花园中的花木是不打算出售的,散落的小酒吧和观光门票说明他们已经把旅游观光纳入了经营计划。想到我的娑罗园该吸收一些先进的理念,但目前最大的问题是缺水,没有水,一切都显得少了灵性。倒也可以搭配一些休闲设施,比如垂钓、购物、餐饮等,增加一些除七叶树之外的四季观赏树种,也是可行的。此外,我还见到了金叶红豆杉、紫叶榉树、花楸、欧洲梓树等新树种。

导游说,晚餐后带大家观赏闻名于世的荷兰红灯区。因少儿不宜,有几对带孩子的团友先回了宾馆。

大家结对进去时,时辰尚早,夕阳氤氲着照在河流上,红灯区红灯寥寥。但很快人潮就涌上来了。团队在台湾人张导的引领下,在广场不远处的运河两岸的小巷中穿梭,果真见到了传说中的橱窗女郎。她们或肥或瘦,或黑或白,但仍以白种人为主,穿着暴露的三点式泳装,站在玻璃橱窗里,向过往的游客搔首弄姿,招手挑逗。张导介绍说,所谓的红灯区就是市政府特设的性交易区,颁发营业执照,挂牌经营,明码标价或议价,区内有警察保护,是合法的职业行为。每家合法门店前挂一只红灯,灯亮表示正常营业,灯熄表示暂不营业。行情是五十到两百欧元每次,时间限定在十五分钟内。真是天下之大,无奇不有。但仔细想想,与其像有些国家和地区那样暗娼泛滥,导致疾病流行,黑道把持,妓女权利无法保障,国家税收白白流失,何不干脆合法地设立专业区域而严加管理呢?但这显然是不可能的,东西方文化的差异使中国人只能做不能说。但在流水般的人潮中,进去交易的似乎并不多,偶尔看见几个搭讪的,也多是外国人。我们这个团队除来自上海和广州的两位老板一度脱队失踪外,似乎没有谁试着来开洋荤。大家走走看看,无非满足好奇心而已。倒是乐于看艳舞表演,五十欧元一位。我因去年在香港看过而不想再看,但推托不过,少不了也跟着去了。

进了黑乎乎的演出间,竟然满座。男女老少皆有,黑白黄棕肤色齐全,看来对性色的好奇与贪婪真是人类与动物最高度的一致啊。但台上的表演实在令人恶心,好在散了场出去,有要喝啤酒的,我提议去看世界博物馆,但响应的人不多。红女士说愿跟我去,我们就找了好几个门店,都是卖性用具和黄碟的,原来是性博物馆之类的,也算大开眼界。其实,这些东西在中国已经很普遍了,只是身边跟着个女性,总感觉不太自在。

我们沿着运河岸边闲走,树木已辨不出名字,摇曳婆娑,似乎像极了中国古典文学中描写的烟花柳巷。此时的红灯区已是灯火通明,运河中楼阁与红灯倒映,小巧而精致的啤酒摊随处可见,也随时可坐下小啜,此处用"灯红酒绿"形容最为恰当。游人如怀着神秘不可言说的秘密心思的幽灵,鬼魅一般在巷道中窥探游动。酒吧里传出低沉性感的摇滚音乐,里面拥挤着喝酒狂欢的人。置身其中,真有纸醉金迷的幻觉。人生本就如梦,为何东方人活得那么辛苦,而西方人又活得那么快活呢?为了追求享乐而追求财富,创造了财富再纵情享乐,接着再创造财富,这就是西方人普遍的人生观。据说他们基本不存钱,人死钱花光,一般不愿意生育孩子,自己快快乐乐过一生,老了进养老院,死了进公墓。一方面是经济基础好,社会体制好;但是另一方面,文化意识更起着关键性的作用。人性方面,西方人无疑更直接,更真诚,也更荒淫与原始。

红女士来自上海,上世纪七十年代初出生,是同宁夏银川的两位团友一起来的。她自我介绍说是在银川市政府驻上海联络处工作。其中一人向团友介绍说红女士是他爱人,两人也同住一室。但从这几天的表现来看,他们总让人觉得貌合神离。晚上大家一起夜游时,她说她和王总是曾经的恋人而不是夫妻,此言让人惊讶。她看着惊讶的我,笑了笑说:"总得有人付出国费呀!"我一下子就明白了。她问我的性爱观,我说我比较传统,认为性爱是追求美感与快感的统一,灵与肉的升华,对家庭要负责任,要有担当。夜色中感觉她很不以为然,显然她是个追求自由和独立的现代女性。聊天中知道她是个大学法律系才女,四十多岁了,仍然不时透出天真浪漫的气息,在团队里很出众,跟广州的陈先生很谈得来,她几乎每个观光场合都远离"丈夫",和陈先生畅聊。我感觉她很有个性,也似乎有不幸的故事。不过,这样个性的美女我是消受不了的,也无意消受。出来都是散心的,也是要开心的,异性之间的心灵最好不要随意敞开,否则弄不好就会堵心,何必呢?

大家最后还是都走散了,多亏带了酒店的名片,费了好大劲才打车回去,要不还真回不去了。回到酒店,已是十二点钟,大西洋岸边的夜里凉风阵阵,我只穿了件短袖 T 恤,竟然着凉了。

8 月 11 日　农历七月初五　晴

离开住了两日三宿的阿姆斯特丹,前往卢森堡。从手机地图上看,行程是沿西海岸一路向南,又向西折转。一路上天空碧蓝,牧场广阔,牛羊悠闲,一派田园牧歌景象。途中经过比利时,其面积就相当于中国的一个省。接着到达德国的一个城市布鲁塞尔,这里是卡尔·马克思曾经居住过的地方。首先到达的也是一个教堂广场,四周环绕着各式各样的古建筑,据说大都是中世纪的,华丽而庄严。在小楼的三层窗口,挂着一块铭牌,上面刻着卡尔·马克思的名字,据说当年他只是旅居于此而已。与于连铜像前的人流相比,这里是那么的冷清。马克思学说极大地影响和改变了占世界三分之一土地和人口的苏联和中国,至今仍深刻地改变着中国人的命运。

口腔炎刚好些,昨夜又着凉了,清晨起来扁桃体发炎,吃了团里送的阿莫西林,今天反而感到更重了。也许是药效的原因,或过量服用的原因,头脑昏沉。傍晚赶到卢森堡,参观了广场、市政厅,晚餐后就到宾馆休息了。

卢森堡是一个典型的宗教国家,国土面积两千五百多平方公里,人口五十多万,和我的家乡河南省西峡县是如此的相似,甚至还小于我们县的面积,但在另一方面两者却有着天壤之别。它是世界上最富裕的国家之一,金融业十分发达,今天在街边看到了中国银行和工商银行在这里开设的分行,住的这家酒店更是宁静得像是处于人间之外。躺在床上休息,静静地看窗外的余晖,洒在金碧辉煌的酒店高楼上,就连地上掉根针似乎都能听得到,仿佛这偌大的酒店里就住了我一个人,这是我几十年走南闯北没有经历过的情景。这些不由得让我想起:几年前在西安火车站投宿,被鸡婆骗进黑点遭遇骚扰;在山东淄博一家快捷酒店住宿,因房板简陋,被隔壁的声音吵得彻夜未眠,只好早早退房;更可恶的是去年秋天在安徽金寨一家商务酒店,因为赌博双方发生冲突,一帮古惑仔冲到酒店砍人,我不得不半夜更换酒店……

也许这就是国与国之间的差别吧。只是这种静谧,恐怕是要永久印在我的记忆里了。

8月12日　农历七月初六　晴

上午参观了素有"千堡之国"之称的卢森堡市。城市建在山岭之中,周围森林密布,一条宽而深的河流从城中流过,河流上是一架欧洲跨度最长的单拱桥,同桥对岸耸入云天的城堡交相辉映,使得卢森堡平添了几分古老与庄重。大家一边以桥和古堡为背景拍照留念,一边欣赏着周边高大的七叶树、法桐和椴树。

接着前往德国的城防要塞——斯图加特。这是德国西南部的一个城市,是十三世纪通往古罗马的战略要塞,地形以丘陵山地为主。这里是大哲学家黑格尔的诞生地,也是近代奔驰汽车的生产总部,保时捷公司的发祥地。导游只是带大家坐车转了一圈,看了教堂,几乎没有什么印象。原定的午餐也改在一个较偏僻的地方,有的人没吃饱,有些抱怨。导游应大家要求,增加了去德国南部城市慕尼黑的行程。

在我的印象中,慕尼黑是二战中纳粹的大后方,希特勒起家的地方,并以啤酒闻名于欧洲。走了很远的路,张导给大家分发光碟《大国崛起》,是中央电视台制作的,也记得断断续续看过几次。纪录片讲述了五百年来先后崛起的九个国家:葡萄牙、西班牙、荷兰、英国、法国、德国、日本、俄罗斯和美国。这些先后兴盛与衰落的国家波澜壮阔的历史,发人深省。这些近在眼前的兴衰史,充分证实了一个道理:落后就要挨打。战争可以成就一个国家,也可以毁灭一个民族。追求进步、文明、和谐、幸福,是人类的沧桑正道。纪录片从许多方面解释了东方文明与西方文明中哪些是先进的,哪些是落后的,人该不该有宗教信仰,该有什么样的宗教信仰,文化与政治、经济的关系……这些也使我对刚刚踏上的这块有着古老文明的欧洲大陆有了一个全新的认识。

到慕尼黑已是傍晚五点,来到一座大教堂的广场上,这里跟其他城市的广场区别不大。许多建筑都在二战中被盟军炸毁,也就没过多逗留,印象不深。接着去了奥运会场馆。慕尼黑是第二十届夏季奥运会的主办城市,其场馆比北京的小许多,但环境十分优美。车开到郊区,天已经黑下来了,这里似乎是一个庄园,大家被安排在二层的阁楼里。因游客较多,小小的房间里加了一扇窗,许多人不小心撞了头。天气有些闷热,斜坡屋顶有一个天窗,打开透过气,才好受些。床铺很窄,不小心会掉下去,但墙壁倒十分干净。同室老王他们都去市中心喝酒了,我因头疼困乏,洗了澡睡下了。明天是中国的情人节,躺在床上发了几条祝福短信。半夜隐隐听到敲在天窗上的雨声,清晨醒来,果真下雨了。夜里第一次做梦,梦见妻子和女儿潵潵,看来是想家了。

8月13日　农历七月初七

七点手机自动开机,收到十六条短信,有回复的,有祝福的,有联系业务的——因我休息的时候,中国正是上午上班时间。夜来两场雨,空气清新得生出几分凉意。照例同外国人一个餐厅,共进早餐。面包、牛奶、牛羊肉片,没有一丁点儿青菜。说实话竟也习惯了,感觉也挺好,营养也挺全面的。回去也可以放心地陪孩子们去西餐厅狂吃一顿了。

张导因为没经大家同意,增加了一个游新天鹅城堡的收费项目,引起部分团员抗议,经过几番讨论,最后不同意的人占大多数,只好作罢。其实昨晚我下楼找老王拿钥匙,在吧台跟黄、陈两位团友喝饮料,已感到今天台湾人的如意算盘要落空。他擅自改变住宿地点,连续两次饭菜不足,昨晚降低住宿标准,还在阁楼的小房间加床,使不少大个子碰了头,怨气积累,加上他事先不征求大多数人的意见,仅凭个别人的兴趣而自作主张,已经有不少人在酝酿抵制他了,结果不出所料,计划被打破。我把出发前在办公室打印出来的行程表拿出给红女士。大家议论纷纷,僵持到十点半,只得掉头按原定计划,前往因斯布鲁克。因没有地图,没有多少人知道东南西北,我用陈先生的手机搜了一下,的确是返回了。

我认为这个抵制是正确的,至少让这个台湾领队明白,现在的中国人至少我们团的人不是毫无主见的庸碌之辈,让他在今后的服务中不敢再自作主张了。

因斯布鲁克坐落于美丽的阿尔卑斯山谷之中,安娜柱是这个山城的象征。到达时已近中午,在一家餐厅吃中餐。一色的红木家具装饰,典型的中式风格,温馨而浪漫。店主是上海人,非常亲切地和我们聊天。饭后,前往弗里德里希大街,参观由两千六百块镀金筒瓦镶嵌而成的黄金顶,其实也十分普通。天下起雨来,在步行街花了四十欧元买了件外套,感冒刚好一点儿,担心加重。这里类似于中国的商业街,转了转,给夫人买了两件披肩,感觉挺好,也不知她喜欢否。

因张导情绪低落,早早拉大家到市郊入住酒店休息。经过斗争,酒店档次比昨天高了些,至少房间大了。时间才五点多,他让大家五点四十分一起乘车到附近的中餐厅吃饭。我回房间洗了几件衣服,拆开在超市买的一小袋洗衣粉倒入池中,怎么不起沫?用手一捻像是盐,放口中尝尝果真是盐!想起昨天同行的来自北京的团友老刘,说是买了瓶葡萄酒,喜滋滋地回到宾馆,打开一看是酱油!都是外文没学好闹的笑话。

感冒好多了,晚上有人再约,可以喝一杯了。集合时,宁夏来的王总和老张两个回民团友招呼我说:"走,吃土耳其烤肉去!"我问:"在哪儿?"他说:"在下午逛的大街那儿,订好了。"我也不想白沾谁的光,就说那我拿瓶红酒入伙,就随车去了。他俩没记清地址和店名,找了好半天也没找到地方,走得腿都困了。看到一个穆斯林餐饮摊,他们进去给店主人讲了半天,最后还是没有沟通好。我说:"你们用的啥语言,反正我是没听懂。"他们说:"也只是能说一两个单词。"这才坐下来,要了三份烤肉。我拆了下午逛超市买的一瓶红酒,三个人坐在河边的小摊上边吃、边喝、边聊,边欣赏异国他乡的美丽夜景。

闲聊中才知道些他和红女士之间的故事。为了她,他与原配离了婚,已经五十三岁的他有一儿一女,现在都由老婆照顾。老婆在单位上着班,还是个财务科长,至今未再婚。而他和红女士已相处了五年,仍没结婚。红女士在银川市政府工作,的确是一个学法律的大学生,曾跟一个有钱的有妇之夫相好,并未婚先孕,生了一个儿子。后来那男人出车祸死了。他把她安排在银川市政府驻上海联络处工作,谁知一去就失控了,两个人越来越貌合神离,用我们河南话叫"两张皮"。他的诉说正印证了我起初的判断。红女士热情开朗,总爱跟广州的陈总、上海的黄老板包括我在内,一起聊天喝酒,互相拍照,老王对此早就不大高兴。今晚应他邀请一起吃饭,有两个原因:一来我以为今天是情人节,红女士他们应该在一起;二来我趁此机会让老王消除对我的顾忌,我也可帮他们劝解,缓和一下关系。但红女士竟然不来,我说我帮你叫上,他却不让。

通过聊天,感觉他们是不可能长期在一起的。老王很痛苦,为了一个女人他毁掉了自己的家庭,最后又得不到这个女人。看得出来他是个实在人,说让我代理他们生产的贺兰月色干红葡萄酒,邀请我去银川玩。我答应带几个伙伴去一趟,说不定有项目合作的可能。

8月14日　农历七月初八　晴

今天要翻越著名的阿尔卑斯山脉,前往意大利北部主要城市博洛尼亚。阿尔卑斯山脉果然名不虚传,窗外山野连绵,山峰高耸入云。因为刚下小雨,大片的烟雾薄如轻纱,缭绕在山腰和山巅,美如仙境。拍了少许照片,回头整理出欧洲摄影集,也算一大收获吧。

昨天团员与张导达成了妥协,张导道了歉,大家也给了张导面子,同意了三个小型的收费项目。到博洛尼亚已是下午,到老城区逛了一下,就回到了酒店。酒店总是在很偏僻的地方,当然是为了价格便宜,商人要挣钱,是可以理解的。

红女士约我去喝酒,我有些犹豫。她看出来了,就说还有老黄、陈总二人同行。我们就一起步行到了一个酒吧,大家在店外喝了两瓶红酒。她说我不厚道,干吗在众人面前开她和老王的玩笑。我说绝无恶意,你跟他住在一起,白天又不搭理人家,老王心里很难受。她说难受活该!我说不能这样做,这是个团体,总该顾及一下他的面子和感受吧。她才理解了我的善意。她问我对爱情的看法和感受,我说没什么看法感受,因为没有恋爱过。她说她不信。我心里说，不信是对的，我爹妈怕我长大讨不到媳妇，八岁就为我张罗娃娃亲了。"难道还真不知道？"红女士边说边用眼扫了下身边的老黄。

老黄是个游戏人生的嬉皮士，嬉笑怒骂，风趣中显得机智无比，更是个老滑头，说自己在上海商圈混得很开，打高尔夫是家常便饭，跟江某某的儿子等常有交往。别人怎么看不知道，反正我是不信，真是社会名流还参加这样三流的国际考察团？忽悠谁呢！还处处想出风头，背后讲人坏话。我几次拦住了他的话头，感觉他有点不高兴。大家畅所欲言，包括文学、艺术、历史、政治等，甚至私人感情。聊着聊着，红女士竟跑进酒吧哭了一阵才出来，眼圈红红的。她的故事老王昨夜已透露了一些给我，所以我很理解她，也有心理准备。陈总欲做出怜香惜玉的动作，见我俩没有动，也就忍住了。时间不早了，我说散了吧。起身碰到正在转悠的河北古董柳，又被拉去喝了一阵啤酒。大家也学这里的 AA 制，觉得也挺好，没有人情负担。一直喝到十二点多才回酒店。我们三人都上楼了，红女士在外边还不想走，陈总终于忍不住出去安慰她了。我忍住没回头，进了电梯。他们几个似乎都有些醉意，但我清醒得很，像我这个白酒一斤量的河南男人，想喝醉他们四个，是敢拼一拼的。但人在异国他乡，就算邂逅了爱情，也无非"譬如朝露"，不值得。

而此刻阿尔卑斯山下的城镇里夜色清凉，万籁俱寂，只闻得到自己身体散发出来的红酒和啤酒的混合气息。躺在床上闭目遐思，一时竟难入眠。"问世间，情为何物？直教人生死相许。"这是大诗人元好问的词作，而今人尤其是不读诗词的年轻人，只当是姜育恒歌曲《梅花三弄》的原创。就像年轻的时候经历了爱情，就认为是刻骨铭心、海枯石烂了，岂不知人类的先祖、我们的父母早已经历了生离死别的炼狱，才孕育出我们这些七情六欲的后人。我虽还算年轻，但修炼了这么多年，看惯了人生悲欢离合、爱恨情仇，他们的这些故事，也不算什么。

8月15日　农历七月初九　晴

今天是最充实的一天，因为终于到了梦寐以求的罗马。

这里是古罗马帝国的首都，世界天主教大教主常年居住的地方。中午先参拜了"国中之国"梵蒂冈的世界第一大教堂——圣彼得大教堂。教堂宏伟华丽，要排队通过安检门。这确实比在德国科隆和荷兰阿姆斯特丹等地见的教堂都要华丽恢宏。录了像，再次为母亲的在天之灵做了祷告。

在一个温州人开的餐厅用完午餐，去罗马废墟参观。看到两千年前的罗马废墟、中世纪竞技场、高大的古堡、恺撒大帝的凯旋门，还有吉卜赛人的乞讨和表演，无一不生动而真切。我和青岛王兄绕城堡转了一圈，不觉深入迷宫一般的城堡内部，差点迷路。高大的平顶油松，十分雄伟壮丽。罗马的历史沧桑悲壮，它曾是那么的辉煌灿烂，引领着世界的发展潮流。但今天目睹这些斑斓的废墟，仿佛历史就是一个根本无法预测的黑色轮回，一切都将成为过眼烟云，包括人类居住的这个地球。回酒店的车上，举起单反相机抓拍到几个夕阳西下的镜头——日后可取名"罗马落日印象"。

这里的气温是三十六摄氏度，与前两天的因斯布鲁克和博洛尼亚二十摄氏度的凉爽形成了鲜明对比。在进入教堂排队时，许多人都在大太阳下晒出了汗。到酒店洗了澡，感觉清爽了许多。大家约我去夜市喝酒，我因为有写作的习惯，加上这么密集的旅程、丰富的感受，再不写下来真怕忘记或者遗漏了，就谢绝了邀请，补了几天的游记。我想这主要还是得益于读余秋雨先生的文化笔记和小时候读《徐霞客游记》吧。虽然辛苦，但值得。据说全团近四十人，只有我一个人写日记，若如此，我还真引以为豪。我相信多年之后大家在回忆起这次欧洲之旅时，也许唯我记忆如昨。

8月16日　农历七月初十　晴

早上听说红女士他们五六个人昨夜打车到罗马市中心喝酒夜游,玩得十分开心,体验了罗马真正的夜生活,心中倒也生出些后悔。其他地方可以不去,罗马是应该好好看看的。不过得失很难平衡的,好在来日方长。

今天换车了,由意大利方面派了一辆大型奔驰巴士。早上八点三十上车,徐徐离开罗马前往米兰。我抢到个头排位置,是因为昨夜疯玩的人起晚了,有的早饭也没来得及吃,只好坐在后排。一路风景真好,连绵起伏的山脉,景色跟中国差不多,植被也相似。江河像是长时间缺水,河流很浅,湖泊稀少,窗外不时闪过山坡上的枯树断枝,应该是长期干旱的缘故吧。土地也裸露不少,焦黄的泥土,裸露的岩石,显出几分荒凉与贫瘠。总体看来,这里生态环境较差。导游说意大利人非常慵懒,工作意识不强,经常休假,更别说加班了,给钱也不会加班,晚上喝啤酒喝到半夜,上午十点半上班,天热季节竟然只上半天班。有钱、有时间就四处晒太阳度假,所以经济怎能不衰落? 西西里岛是黑手党的发源地,带有杀人越货的海盗色彩。米兰是二战法西斯头子墨索里尼暴动的地方,但他同德国纳粹希特勒一样,最终失败了,许多城市也因此被盟军的战机摧残得满目疮痍。但日本和德国战后迅速恢复,并强盛起来,意大利却远远落在了后面。这不得不引人深思。

因路途遥远,驾驶员在车上放了五十年代的经典影片——《罗马假日》,我也得以完整地欣赏了这部曾风靡全球的经典之作。

在佛罗伦萨吃了午饭,下午一点半到了在行程中争取过来的园林考察重要目的地——万木奇苗圃。一名中国人做翻译,他三十五岁,姓于,在佛罗伦萨做助教。农场主是个精干的中年人,带我们先后参观了他的大型造型植物区,是露天的,全部种在容器里,有基质土壤栽培,会根据土壤感应而自动喷水。接着到日光温棚育苗区,同样是容器苗,不过以小规格为主,微型造型植物很有特色。然后到大田育苗地参观,才算大开了眼界:一律现代化容器育苗,一律定杆,一律修剪造型,一律自动化喷灌和施肥。主人又向大家现场演示了机械化移动和装运容器苗的全过程。乔木品种有广玉兰、椴树、枫树、法桐、侧柏、蓝柏、丝棉木、槐树、柳树、黄杨等,无一不能造型。最后,主人请我们到办公室演播厅,观看了二十分钟的宣传片,临行又赠送每人一套资料和光盘。翻译介绍说,这是全欧洲最专业、面积最大的苗圃,创立于一九三八年。此言不虚。当即我坚定了信心,理清了我下一步的苗圃规划和思路——

容器化:从七叶树开始。

植物造型:从七叶树、女贞、木瓜、梓树、杜仲、刺槐、紫荆开始。

设施现代化:温棚、遮阳棚、自动浇水施肥系统。

集约化:合理利用土地和空间,单品种规模生产等等。

参观结束后,又走了一百八十公里,到达米兰时已是傍晚。又是一个郊外的酒店。没有跟大伙去米兰市中心逛夜市,在酒店旁边的餐馆要了一碗意大利面和一杯啤酒,回到酒店补写了四天以来的日记。

8 月 17 日　农历七月十一日

一早赶往久闻其名的瑞士。越过意大利的平原和山地,进入北部阿尔卑斯山脉,渐入佳境:白云、青山、湖泊,风光旖旎。

很快进入瑞士境内。这是一个欧洲中立国,长期坚持不加入欧盟,有独立的货币。银行业最为发达,尤以为储户保密而闻名于世。其次是钟表、刀具、现代制药、精密仪器等制造业。第三是以旅游为主的酒店管理业。傍晚在一个叫琉森的城市吃晚饭,后又翻山越岭来到一个叫威吉斯的小镇,入住镇上一家十分雅致安静的酒店。其实在盘山公路上,大家都被眼前的一泓碧蓝的湖水吸引了。那是怎样的一方天池之水啊！梦一样蔚蓝，画一般宁静。碧水群山，白云倒影，硕大的七叶树环绕湖岸，树冠被技艺高超的园艺师修剪得如华盖一般，树下三三两两的游客悠然而坐，一份小菜，一杯酒啤，两眼脉脉，眺望夕阳。

到酒店一放下行李，便迫不及待地拿起相机来到湖岸。忽然，一阵袅袅之音传来，见湖边有一简单的舞台，台下聚拢了来自世界各地、肤色不同的听众。拍照十余分钟，天色已渐渐暗淡下来，舞台前已座无虚席。台上一位着红色藏族服装的清瘦女子在独唱，歌声纯净而忧伤，低回婉转，荡气回肠。这情景使我心生悲凉，几欲泪下。她应该是一名藏族歌手，黑色的长发，黝黑淡棕的皮肤，微陷的眼窝，长长的睫毛，洁白的牙齿，年纪在三十五岁左右。尤其是红衣和黄条状套裙更显藏族女子的气质。歌的风格和萨顶顶的《万物生》类似，透着雪原的天籁之音，沁人肺腑。配乐的鼓手、长笛手、风琴手和调音师配合得天衣无缝，给整场音乐平添了几分传奇色彩。静静地听，录了几个片段，演出结束后，台下爆发出经久不息的掌声，这正是对这种无国界、高水平、真音乐由衷的赞许。

十天欧洲之行的观感和眼前的一切，使我不禁想起万里之遥的祖国。我们亦是江山如画、历史悠久、地大物博、文化灿烂、人文底蕴厚重的大国，为什么与这里竟有如此大的不同呢？我们究竟为什么而活着？应该怎样活？究竟什么才是人类真正应该追求的……

曲终人散，独自环湖踽踽而行，沉浸在刚刚用手机录下的音乐之中，似乎又失魂落魄。独自走到一处坐满游客的临湖酒吧，要了一杯啤酒。看群山安详，新月当空，灯火点点，夜色清凉如水。新月如眉，山、湖、月色辉映如画。一杯啤酒，满目月色。天籁之音袅袅，满腹愁绪重重。此情此景此思，终生难忘。

8月18日　农历七月十二日　晴

　　清晨,离开威吉斯,晨曦下又拍了几幅美图。琉森湖在眼前渐渐远去,用依恋来形容此刻的心情再恰当不过,这是此行最让人恋恋不舍的地方。午间,到一个瑞士著名的免税店购物。安静的街道上种着修剪平整的七叶树,我还发现了一株秆径三十厘米的高杆山茱萸,这是在欧洲首次看见山茱萸。

　　傍晚,到达全体团友向往已久的巴黎。坐船畅游著名的塞纳河,船上是清一色的亚洲人,尤以中国人居多,日本人次之,新马泰人再次之。夕阳娇艳,天色蔚蓝,白云悠悠。微波荡漾的塞纳河清澈碧绿,让人不得不佩服城市管理者,在游人如潮的情况下,还能让河水保持得如此清澈。从两岸可以清楚地看见埃菲尔铁塔、巴黎圣母院、法国雅苑、协和广场,时而也可以看见高大优美的七叶树。这里最大的特色是河上的桥梁:一是古,最早的上千年之久,而从未遭到人为破坏;二是异,据说绕巴黎城流过的塞纳河长度是十几公里,有桥三十多座,但每座桥都风格各异,不像中国的长江黄河大桥或内陆城市的桥梁,几乎是清一色的钢筋、水泥结构,甚至连栏杆都是一样的设计。更令人难忘的是桥上看风景的法国人,他们频频向游客挥手问候,漂亮的女郎还时而抛出飞吻。在大街上或游览区内,如果你看见一个漂亮女郎而邀请她合影,她一般都会非常高兴地配合,甚至大方地给予拥抱。上海来的黄老板是个嬉皮士,一路专跟各色女郎合影留念,几乎没有被拒绝的。我在荷兰红掌生产车间,也邀请漂亮的栽花女士拍照,她们也很开心地配合。而在国内就很少有这么幸运,不被骂作臭流氓就是很给面子了。

　　接着参观巴黎圣母院。这里因法国作家雨果的巨著《巴黎圣母院》而闻名于世。天主教教堂始建于十二世纪,规模虽比不上罗马等地的大教堂,但气势和底蕴毫不逊色。

　　地面导游任小姐又带大家感受了一下土耳其风情夜市,犹如传说中中国宋朝的清明上河园,市井味道十足。到处灯红酒绿,迎面走来的各色艳美女郎,让我和来自河北的古董柳入迷地欣赏加拍照,不知不觉我俩竟掉队迷路了。幸好找到一处叫西湖酒楼的中国酒楼,站在那里等导游来接我们。

天忽然下起小雨来,又平添了几分醉意。大家一起去登一座中国人设计的摩天大楼,观赏巴黎夜色。一样的万家灯火烟雨中。一百五十一米的楼并不算高,但感受是不一样的。一对青年男女在拥抱接吻,旁若无人,也算一道异国风景吧。

8月19日 农历七月十三

上午参观法国的另一个重要景点——罗浮宫。这个博物馆保存着来自世界各大洲、各大文明古国价值连城的珍贵文物,包括石雕、瓷器、陶器、青铜器、字画等,大多是法国历代的扩张者掠夺而来的"战利品",且掠夺自中国的最多。据说是为了顾及游客的民族感情,中国馆不对中国人开放,但这不能不说是一种对中国人根深蒂固的歧视。我就对此项规定愤愤不平。

罗浮宫里最令人震撼的首先是雕塑,代表作品是闻名于世的断臂维纳斯和大卫。其次是油画代表作,几乎家喻户晓的《蒙娜丽莎》前人头攒动,大家为的是一睹真容,拍照留念。我先是与古董柳走散,又碰到陈、红、黄等一起参观油画馆,不久又与这三人走散,同古董柳重遇。我俩浏览了底层的埃及馆,巨大的古堡石雕和地中海民族的文物——泥陶、石雕,令人更加感慨。历史就是在这样一件件的文物中沉淀下来,证明着时空变幻的事实。柳总的主业是园林绿化,副业是收藏古董,所以大家送他个外号"古董柳",他也确实有不少古玩字画方面的专业知识。在埃及馆逗留太久,我俩脱队了,只得向导游申请自由活动。我们两人自费请了昨天的地面导游任小姐(香港人)做临时导游。

古董柳要去巴黎郊外的古玩跳蚤市场淘宝,又担心安全问题,说我体格挺健壮的,跟着一起去,当个保镖,午餐他请。我说这是巴黎啊,治安有这么糟糕吗?他说你不知道情况,咱们要去郊外那些小市场,偏僻得很,抢劫的很多,一把夺过来就没影踪了。我说真要碰到抢劫的,我也打不过呀!他说那咱不是人多些嘛,至少你要保护我。我不相信他说的事会发生,再说我俩也分不开了,就答应了。

走得实在有些累了,出来后在罗浮宫外面的广场上小憩。广场上人来人往,肤色各异。不时有亚洲美女出现,这让我想起昨天下午在塞纳河游船上看见的一位绝色女子,亚洲人的身材和肤色,长发披肩,美得如画中人一般。我们在她后面下船,她身边是一名黑人男子,抱着一个女孩,女孩伏在父亲肩头睡着了,女孩皮肤黑得细腻真实,让人过目难忘。女子始终没有回头,让我一直没有机会拍到她的正面照。也好,留下悬念回家想象吧,想象她要多美就有多美,要什么气质就是什么气质。而此时出现在身边的是几位日本女孩,也十分清纯靓丽。古董柳说他看女人很准,跟鉴别古董一样,甚至能看出性格脾气和性能力来。我就问他都泡过哪国的女人,他说多了去了,都记不清楚啦,反正咱国内的几十个省市他都跑得烂熟,韩国、日本、新马泰、越南等地的女人都泡过。我一下子觉得自己真是太农民太土啦!就又问他泡过法国女人没有,他说那不可能。我问为啥子?他一本正经地对我说,一是她们不缺钱——人家能缺钱吗?最重要的是法国女人很高傲,你根本无法靠近。我说拉倒吧,良家妇女可能高傲些,那妓女呢,也不爱钱?你不舍得你那古董吧。他笑笑,说得也是哩,下次来法国让这香港导游任小姐给弄一个。我说那天晚上在阿姆斯特丹红灯区,你小子搞了没?那里不是要哪国女人就有哪国女人吗!他撇撇嘴说,你真是没出来过,那地方,叫人家小看咱,都是一个城市出来的,说出去多难听,何况又不过瘾。我想想也是这个道理。

两人又聊起日本,相约有机会一起去日本玩一阵。古董柳说他去过好几次，那里的女人温柔又开放。"不用花钱的，"他说，"从国内带一个懂日语的朋友，一起玩就是了，只要开心，一切都很自然。"说着他起身引导我往坐在石凳上小憩的两三个日本女孩走去，像是要搭讪的样子。我跟着过去，也想学上海黄老板跟她们合影。那几个日本女孩显然是察觉到了什么，立即起身走开了。古董柳扭头安慰我说，没关系，有机会咱们去日本，随便找，你随便照。

抛开民族主义不谈，我一直认为，在某些方面，日本是一个很优秀的国家。我俩边聊边等，就见他联系的那个香港任导游匆匆忙忙走了过来。她大约四十岁，虽韵味犹存，但岁月仍在她脸上留下了痕迹。人很热情开朗，应我俩请求去找了家日本面馆。是不是跟刚才聊日本女人话题太多有关？进去找了个安静的位置坐下，每人要了一碗面和一杯啤酒。我已经好久没有吃到面了，吃得好香好香。任小姐的导游小费标准是三个小时一百五十欧元，她叫了个路熟的司机，价格六十欧元，我们就一起去了郊外的一个跳蚤市场。因八月份法国大部分人都去度假了，三分之二的店铺都关了门。但功夫不负有心人，还是淘了几件文物、两幅油画。据古董柳说是民国的。我看中了一个铜雕，一只展起飞翔的鹰，店主要价二百八十欧元，我还价到两百欧元，折人民币一千七百元，刘说不合算，叫我放弃了。反正我也不懂，又不甘心，就说要不你那寿山石的笔架让给我吧，也算没白来一趟，回去放个笔是个纪念。他说可以。我就按购价付钱给他，他不让，说我陪了这一趟，就算送给我了。我高兴劲儿还没过，不一会儿他又反悔了，说：笔架我送你，导游费你付。我说那我就不要了，反正也不懂。他说好好好，就送你了。随后路上又反复解释说文物行有个规矩，尽管是一块儿淘的东西，如果另外一个人想要，要么加价转让，要么就白送人情。说六十欧元的这个玩意，在国内至少得三百欧元，很值了。我就说那晚上我请客。

因为明天就要返程回国了，我俩都没敢多喝。他喜欢喝啤酒，我是啥酒都可以。自然是我买单。

回到酒店，整理完本就不多的衣物，到他房间聊了很久。这个兄弟比我小四五岁，但二十二岁就入了行，感觉很多方面比我成功。他人真诚、敬业、精明、好学、懂生活、善经营，应该是个非常值得交往的朋友。我说帮他整理一路淘来的古董，他不让，说哥你坐那儿歇着去，这活一般人不会干。我就坐那儿和他聊天，从业务经营到人情世故，无话不谈。他说我这古董啊，回国随便一倒腾，价格就翻番。可是也不都是自己玩的，哪个领导或朋友看上了，也就送人了。咱们做绿化工程的，能不靠个领导？我说我现在还没有做工程，就是种些苗木卖。他说要想挣大钱，早晚得做工程。你看咱们这个团里那些出手阔绰的，哪个一年不做几千万甚至上亿的市政工程？我说感觉好难啊，没有渠道接近核心层。他头也不抬地整理那些油画，一边说，官场最主要是关系，没有关系就要设法打通关系，靠啥？一个是金钱，一个是女人。你自己连女人都不会玩、玩不转，咋去送？他这话听得我一惊一乍的。就又问他，那领导智商都恁低，不怕你送女人是美人计？他已打好了一个包，站起来拍拍身上的灰尘，说，你可问到点子上了。领导有几个信球的，主要看你咋个送法。首先你得有诚意，别叫人家起疑心。再就是你送的女人得懂事，懂规矩。也就是说，你得像看古董一样，会看人，得培训她们给她们洗脑，哪些是该问该做的，哪些不能问不能做，做错了后果是啥。还有就是我白天说过的，那女人得喜欢做那些事，功夫得好……你想领导见多识广的，别扫了兴致……

有一部分团友去世界闻名的巴黎夜场红磨坊看表演了，还有的去吃 AA 制的法国大餐，我俩因后半天单独行动淘古董，就没有参加。但我们都觉得收获很大，古董柳淘到的是古董，我则是从聊天中学到了生意经。我们一直聊到十二点多，还是没有睡意。明天就要回国了，晚上估计睡不安稳的人一定不少，就连同室青岛老王也不例外，彻夜都没有合眼。都是人，都是归心似箭啊！

8月20日　农历七月十四　晴

　　今天是在巴黎旅行的最后一个白天了。上午参观了巴黎植物园，因是应团队要求增加的参观项目，组织者解释说让我们参观的并不是真正的巴黎国立植物园，而是一个规模不大的城市公园。公园里除了有几株高大的雪松、红豆杉、刺槐外，无特别之处。另一拨人去看凡尔赛宫。鱼与熊掌不可兼得，我没有去凡尔赛宫，在植物园参观了一个上午，好在喜欢植物的人还不少，尤其是河北邯郸、邢台的同行比较多。

　　午餐张导给大家加了菜和红酒，这是欧洲之行的最后一顿午餐了，有酒气氛立即活跃了起来。大家互相敬酒、祝福、邀请，典型的中国式分别场面。饭后，大家又来到著名的凯旋门和埃菲尔铁塔前，逗留拍照。四点钟统一去机场，跟荷兰、意大利的司机师傅道别，感谢他们一路辛苦的服务。然后就是候机、安检、登机。七点三十五分，飞机准时从巴黎国际机场起飞。

　　再见了，巴黎！
　　再见了，欧洲！

　　六个小时后，飞机降落在乌兹别克斯坦的塔什干机场，候机八个小时，两点四十再次起飞。欧洲夜色降临，亚洲旭日东升。飞过新疆沙漠，飞过青海戈壁，飞过甘肃的河西走廊，飞过茫茫的内蒙古大草原……十点十七分，飞机平安降落在首都国际机场。

　　我们回来了，北京！
　　我们平安回来了，祖国！

北京时间8月22日晚
补记于首都机场丽豪酒店

小说

禄子

地不老，天不荒，人难绝。

——题记

一

禄子住在八百里伏牛山的一个小沟岔里。二十世纪五十年代，山民们用炸药和钢钎打开了第一条出山的公路，这公路一直通到南阳，通到黄河边上的三门峡。不过，禄子要想到平坦的路上走一遭，还得踩十几里的青石板小道呢。好在禄子是不常出沟的。小的时候没人肯带他去，娘死得早，他爹拉扯他们兄弟二人，出去挣工分，回来做家务活儿，哪来的工夫。即便是赶一年一度的小满会，也是不能带他的。农人们都晓得，小满会是忙会，去时，要么挑一担干柴，要么是扛一捆自扎的扫帚，步行几十里，到会上贵贱卖了，换回镰刀、斧头、锄张之类的农具。若有盈余，定要添顶宽边的草帽，免得骄阳烈日把皮肤晒脱了皮。若有女人跟去，则可以把小娃领上，小手攥得紧紧的，防顾挤丢了。禄子打记事起，到执起拐枣木的小牛鞭，都不知山外是个啥模样。

其实他娘在时，曾抱他赶过一趟会，不过那时他还半岁不到，拱在娘怀里寻奶吃，不省事得很呢。相识的人见了他，瞅着瘦黄的、扁扁的小脸，说："看，多瞎呀！"

"瞎"是我们豫西山地人的方言,本意指丑,实则用其反义,是夸赞孩子的好看乖巧。再好看的婴孩也不能叫好,怕的是叫了好,往后倒长丑了,所以说"瞎好瞎好"。这种传统的文化心理,曾让我深感迷茫。

禄子的相貌实在太不惊人了:脸小得像橡树壳似的,五官也不展活,吊斜的嘴角总有涌不尽的涎水,尤其是瘦脑袋上黄绒绒、脏兮兮的毛发,使人见了直怀疑是粘着斑斑点点没洗净的胎尿。

然而更可怜的是,他竟是个白痴。

谁也说不上来这是怎么回事。他出娘胎时,跟别的婴儿一样哇哇大哭,梅奶奶从黑咕隆咚的锅台上摸来把菜刀,就着床帮剁断了发黏的脐带,两手像缩猪小肠一样缩了个死结,才掰开小腿儿,凑上昏花的老眼看了半天,喜滋滋地说:"他娘,是个带把儿的,你老刘家又添男丁了。"禄子他娘半天没应。她骨瘦如柴,这会儿早昏过去了。她没活过十个月,就撇下禄子走了。那年月,产妇的命都薄,生一回娃子过一回鬼门关,摸一回阎王爷的鼻疙瘩。

那一回,身上突然俩月没来了,洗衣裳时她瞅着水中秋桐叶般黄里带绿的脸,胳膊没一点儿搓衣的力气。夜里挨着男人睡下了,她哑摸着说:"娃他爹……"男人"嗯"一声。"我又有了。"她说完,指望男人温存几句。男人却说:"有就有呗。"她伤心了一会儿,坚决地说:"我不要。"男人呼地坐起来:"你说啥?"她说:"我说俺不要……咱大人都吃不饱,再添个娃子……"男人狠声道:"你嫌受罪啦?婆娘就是生娃的。你听着,往后不准再起这个念头!"她就不敢再吭了,背着男人去后山挖黄楝树根,熬了又黑又黄的浓汁偷偷喝,苦得她上吐下泻,肠胃都翻了个儿。后山的几棵黄楝树根都快让她刨光了,稀屎拉了一摊又一摊,肚里的娃硬是没能拉下来。

娘死了,没有奶水怎么活?他爹也绝望了,几次都想把他当死娃子扔了,被邻居梅奶奶指着鼻子尖臭骂一顿,才没敢扔。五尺高的黑汉子哭丧着脸说:"不扔早晚也是死,扔了,娃子也少受罪,娃子他娘在阴间也不会记恨俺。"

梅奶奶说:"你胡说啥哟! 一个生灵当牛作马,不知几世才托生成一回人,容易吗? 你没听人家说,生死有命,你万万不可害这个性命。"

"那可咋活呀?"他的脸苦愁得快成老盖头柿饼了。

"交给我这把老骨头吧,命大命小,全看他自个儿了。"

梅奶奶七十多岁了,嘴瘪得像吹火筒的老口口。玉米糊里煮红薯土豆,嫌硬了,她用干瘪的嘴巴嚼一嚼,吐出来再喂进他小口里。一碗野菜汤,里面掉进星星了,菜叶喂了他,梅奶奶就着星星喝光了汤。一年三百六十五日,梅奶奶硬是像喂一头小猪、一只小狗似的把他养活了。养活了,还给他起了个有福气的名儿:禄子。梅奶奶说:"这娃子命苦命也大,将来保不准做了官,吃官家俸禄哩!"

禄子不争气,长到十岁时还像一棵少水缺粪的庄稼苗,黄不拉儿的没一点儿精神。他有时也到门前的河沟里抓水玩,溪水里只有傻愣愣的螃蟹和他橡子壳般的瘦脸。螃蟹他不敢抓,就去抓自己的影子,一伸手,影子就全碎了。于是,就显出很伤心无奈的样子,哼唧些谁也听不懂的调。早该入学了,老师找来了,他爹说:"他还能上学? 这娃子人不全,算了吧。"那老师是个乡下知青,热忱得很,开导说:"咋不能? 智力是可以开发的嘛。"他爹说:"你没听人家说,成材料树不用廓(方言,修枝),不成材料树廓来廓去枝杈多。俺娃子不是读书的材料。"老师说:"不对不对,他还是个小娃子,您咋断定他不成材料?"他爹嘴笨,一时无言,好歹让孩儿入学了。

生产队有三间保管室,放些农用的家什。挨着保管室有两间牛棚,圈了两圈牛。上面号召要兴办教育,队里一研究,打了一圈墙,把牛撵到了后岭上,腾出牛棚做了教室,再辟一间保管室,老师住。全校共有学生十九名,学级开到三年级。一年级坐第一排,二年级坐第二排,三年级坐第三排。语文、算术、历史、常识、音乐、体育,一个老师全包了。讲一年级课时,二、三年级的学生可以写作业或到外面读课文;讲二年级课时,一、三年级的学生开始写作业或到外面玩耍或读课文。如此循环,往往一天一个班级只能听一两节课。这就叫作"复式班"。复式班这种颇具中国特色的教育"土特产",恐怕是世界上绝无仅有的吧。

禄子上学快两年了,手没摸过笔,笔没写过字。那时候都这样,书也常常只老师有,学生们都只听老师念。禄子他爹没闲钱,也根本想不起来,禄子也从不向他要,只管填饱了肚子,跟邻居娃们去了回,回了去。他爹也从未过问他学校里的事。

有一天傍晚,爹收工回来,坐在院里的榆树下抽旱烟,见禄子歪歪地放学回来,忽然来了兴致,把烟锅在烂鞋帮上磕磕,笑着对儿子说:

"禄子,来,爹问问你书念得咋样了。"

禄子不理他,好久才把眼球转过来。他爹把粗糙的手掌晃了晃,伸了一个指头,说:"看着,娃子,爹考考你,这是几?"

"指头。"

他爹又伸出一根指头:"这是几?"

"还是指头。"

他爹皱皱眉,索性把五根指头全伸开,大声说:

"好好看看,这合起来一共是几?"

禄子闷了半天,才说:"巴掌。"

他爹恼了,一巴掌扇过去:"日你娘的,念一两年书了连个一二三四五都分不出来,啥指头巴掌的,明儿个就滚回来给老子放牛!"

他找到学校,对知青老师说:

"俺娃那个学不上了,回去放牛也能挣个工分。"

那知青老师正在洗锅,问:"咋啦?"

他讲了儿子出的洋相，末了说："不是石头上不了堰，他不是读书的料。"

知青老师说："话不能这么讲，他上课还是很认真听讲的。再试一年吧，我好好调教，再说娃还小，回去放牛你也操心，队长也不会答应。"

他爹叹了口气，说："中，那就依你，再试一年吧。"

这样就又上了一年学。他爹想着娃该有长进了，就想着试试他。他指着靠在屋檐下的那根桑木扁担，问：

"禄子，你看那扁担立着像个啥字呀？"

"像个扁担。"禄子抬抬眼皮说。

"爹知道像个扁担，爹是说，那扁担直竖在那儿像个啥字？"禄子又抬抬困困的眼皮，眼神里一片迷茫。他爹极力启发他："你想想，像不像你老师教你的'1'字，一竖的'1'字？"

"像个'1'字。"禄子重复说。

"中，中！娃子还中。"他刚才苦愁的眉眼一下子展活了，一边夸儿子，一边把桑木扁担平放在地上，侧脸又问："听说'1'字有两种写法儿，你再看看，平睡着一根杠子，像个啥字？"

"像个，扁……担……"禄子嘟哝道。

"扁担扁担，扁你娘个大腿！"他骂着，揸开五指，一巴掌扇下去，禄子立时被扇个嘴啃泥，又颤颤地爬起来，瘦歪的小嘴角蠢蠢地爬出一条血样的小蚯蚓。

他爹又到学校找到知青老师，知青老师抱歉地说："你领他回去放牛吧。我也没想到，他会是个白痴。"

十三岁那年秋天，小禄子接过拐枣木做的红润的牛鞭，做了八百里伏牛山里的一名普通的小牧童。

禄子放了三头牛，一头红公牛，一头黑母牛，一头花牛犊，活脱脱的三口之家。梅奶奶感叹说："命啊命啊！都说是经过三灾六难要发达,谁知禄子你是个性不全,奶奶人老了,耳聋了,眼花了,奶奶的话不灵验了,奶奶怕也顾不了你恁多了。"

梅奶奶在这年腊月里死了,终年八十六岁。儿子孙子重孙子重外孙都有了,都哭不出来,禄子却哭得泪人儿似的,令好些人犯稀奇。他爹说:"俺这娃子还中,他不是个不通人性的冷石头。"

<h1 style="text-align:center">二</h1>

禄子人笨,他放牛,常被牛甩得老远,好在牛通人性,时间长不见他了,还知道等等他。他不知道该往哪山哪坡放,但牛知道,自个儿在前边走,居然也能吃得很饱。下次就任凭牛走到哪里,他跟到哪里。太阳沉入西岭坳了,牛们也不用他吆喝,由红公牛领着一溜儿安安静静地回家。他爹见牛肚子总是吃得鼓鼓的,就夸他:

"娃子读书不中,戳牛屁股还行。好好放,队长不是念在咱家没劳力,还不应承哩。"又防顾他万一把牛放丢了,就在每个牛脖下系了个铜铃铛。

三月里,小溪解冻了,山青了,草绿了,桃花开得粉白了。禄子赶着他的三头牛行走在充满生机与诗情的田野里,牛群奏出"叮叮当、叮叮当"的牧牛曲,他听着心中也涌动一股朦胧的春潮。他念起梅奶奶教他的一句儿歌:

> 我拍花手三月三,
> 三匹牛马赶上山。

儿歌被村里闲人听到了,唆使他说:"嘿!禄子会唱《拍花手》了!往下唱,往下唱。"禄子就唱下去:

> 我拍花手四月四,

石榴花开一包刺。

我拍花手五月五，

煮个鸡蛋过端午。

我拍花手六月六，

六把扇子遮日头。

我拍花手七月七，

牛郎织女会七夕。

…………

于是村人说，禄子灵性了，禄子会唱曲儿了。

秋天里，母牛又下了头花牛犊，人们打趣他：

"禄子，你现在放着几头牛？"

"三头牛。"

"你们家有几头人？"那人编派他。

"三头人。"

那人哈哈大笑起来。之后似觉几分愧疚，纠正他说："记着，禄子，你现在放着四头牛，你们家有三口人，以后别憨了。"

"四头牛，三口人，嘿嘿……三月三，三匹牛马赶上山。嘿嘿……"禄子愉快地笑着，撵他的牛群去了。

秋天里，鸟儿们都吃得很肥，大屁股的斑鸠从草丛里走出来，夹在牛群里啄草籽，一会飞到牛背上，一会儿立到黑石头上，见了禄子也不躲。小斑鸠也长得半大了，三个五个散落在草坡上寻半死的蚂蚱，低飞到溪边喝涧水。秋天的溪水清得透亮，禄子看它们吮奶一样吮那清亮的水，眼泪竟快要下来了。

禄子想娘了。禄子想的不是亲娘，亲娘早死了，早得他都没半点印象，禄子想的是梅奶奶。梅奶奶头发梨花一样白，皮肤梨膏一样滑。禄子晚上跟奶奶睡，半大了还拱在怀里寻奶吃。梅奶奶的奶

327

子空成一个布袋了,禄子怎么吮也吮不出奶水来。梅奶奶说:"禄子你甭憨了,奶奶的奶里没水儿了。"禄子还是吸。禄子说:"俺娘哩?"梅奶奶说:"你娘早没了,你娘生你累死了。"禄子眼里就噙满泪水。梅奶奶说:"禄子你甭哭,奶奶就是你娘,你娘就是你奶奶。"禄子就不哭了。梅奶奶上山拾干柴,禄子腰里缠根绳;梅奶奶下田割猪草,禄子怀里抱把镰;梅奶奶上西沟岔里掐野韭菜,禄子臂弯里挎个小荆篮。沟岔里的黑土湿汪汪,野韭菜长得青茫茫,梅奶奶就哼好听的歌:

> 俺娘想吃韭菜酒,
> 把俺娘领到韭菜沟。
> 白天听见鸦雀叫,
> 晚上听见山水流。

> 俺娘想吃葡萄酒,
> 把俺娘领到葡萄沟。
> …………

梅奶奶死了,禄子就再也没有亲娘了。梅奶奶就睡在沟岔东边的梁洼上,禄子把牛赶到沟岔里,自己爬到梁洼上,一坐就是小半晌。

岁月悠悠,禄子长到了十六岁。这年冬天,生产队里修农田,他爹是垒堰的好把式,不料堰上的石头滚下来,把他的肋骨砸断了七八根,肺都扎破了。汉子们把他背出沟,套上架子车,拉到公社卫生院。医生说:"肺破了,漏气儿了,怕是活不成了。"队长说:"大兄弟,想想法子,他屋里人死得早,两个娃子一个还是个憨子……他是垒堰砸伤的,花多少钱队上掏。"医生说:"咱这破地方,缺东少西的,要我咋个弄？他这伤不敢颠，都不知您是咋把他弄来的。"

队长抹一把眼泪，走到床前，听见禄子爹丝丝缕缕的喘息声。

"大兄弟，有啥话您说吧，俺听着，俺给你做主。"

他喘了半天，才说：

"俺那三间……烂草房，都快住不成人……了，俺这几年，都想着……换换草，没想到，这一回……"

"俺记下了。"队长又抹一把鼻涕，"还有啥，您尽管说。"

"禄子，是个憨娃子，他娘走得早，俺撇不下，俺不指望……能讨个媳妇，只要……只要不饿死……就中了……"

"大兄弟，您就放心吧，有队里吃的，就不会把咱娃饿着。"

当天夜里他就咽了气。弄回去时，天刚破了重重的雾。因不到五十岁的年纪，想都没想到要预备一口棺材。队里出料出工，派来狗子他爹这个半拉木匠，一天一夜赶出副薄楸木匣子，寒寒碜碜地装了殓。山汉们吆喝着抬到新农田的东沿阳坡上，好让他死后也能闻到田里的玉米麦穗的香气来。落棺盖土了，队长说："禄子，来给你爹磕个头。"禄子就跪下，木愣愣地磕个头，却没有哭梅奶奶那样哭出泪水来。坟圆了，队长对身后的人群说："乡亲们，咱今个儿也不分辈分长幼，都跪下给刘家大兄弟磕个头。"自个儿先脱了破旧的黄军帽，跪了下来。众人纷纷跪了，把头在黄软的泥巴地上磕了磕，有心软的妇人都哭出了声儿。

料理完毕，当晚就开了个专门会。队长说：

"刘家大兄弟为咱大家伙子孙后代垒大堰、改田地给砸死了，他的后事咱该不该管？"

"该管！"众人说。

"刘家大兄弟咽气前交代我：房子漏了还没换草，禄子憨傻没人照看。这两档子事，咱该不该应承？"

"该应承！"众人齐答。

于是就掀了枯朽的烂草房，苫上喷香的黄背草，又换了两副白茬大窗户，屋里立时宽展、亮堂多了。队长对禄子说："娃子，这房你跟你哥先住着，你爹没了，要听你哥的话。你哥将来娶了媳妇，要是嫌弃你，也莫怕，队里养活你。"

禄子他哥二十五岁那年取了个哑巴媳妇。哑虽哑，却不憨，还挺爱干净，两页薄唇像刀片子。不知何故，她很讨厌禄子，稍不顺眼就哇啦哇啦地骂，还不解气就夺他的碗，男人看了也不吱声。邻居们都说，哑巴媳妇蝎当家，降住小叔子了。传到队长耳朵里，队长就质问他：

"禄子是你亲兄弟，你还管不管？"

他吭哧半天："没说不管，可俺媳妇他俩缘法不对……"

"缘法不对，你不会说和说和嘛……算屎了算屎了，我看你娃子也壮不起个刚强来，禄子不要你管了。"

于是又召集大伙儿开了个专门会。队长说：

"禄子跟他哥嫂过不成景，我看就依咱当初说的，大家伙养活了他吧。不依人头算，以锅台算，一个锅台养一年，咱队里三十一户人，他哥嫂不说了，咱养他三十年。轮完一圈他娃子要还有命，再从头轮。大家说，有意见没？"

众人都笑起来："有啥意见，轮就轮呗。"

也有人说："他娃子怪有福气，走马灯似的，吃也新鲜，住也新鲜。"

就有人接腔道："要不咋叫禄子呢，人家吃队上俸禄哩。梅奶奶的老话真灵验。"

狗子打趣说："要不给禄子说个媳妇？不然轮到哪家有个新媳妇，怕他不老实。"

队长说："屁话！就你怕？我看他就是摸你媳妇几下子，也不算犯法。"

众人"嗡"的一声笑起来。

事就这样定了。

禄子也过二十岁了,个头高了,五官也端正了,只是头发还黄绒绒的,像狗子家那条老狗背上的毛。禄子毕竟是农家娃子,一双手是闲不住的。轮到哪一家,也不算讨人嫌,拾柴担水,割麦打场,帮女主人烧火喂猪,抱小娃子,能干的都干。每干完一件活,东家都夸他说:"哟,禄子长大了,禄子勤快得很哩!"他就咧开嘴笑笑,很满足的样子。

禄子二十大几了,下巴上才生出稀疏的胡须,也是黄的。嘴骚的妇人骂他道:"不知你是哪门子的种!你爹从头到脚连屁毛都是黑的,你倒好,黄狗尾巴似的。"禄子嘿嘿笑:"屁毛……屁毛……"就往裤裆里摸,吓得骚嘴妇人起身就跑。

那时他蜡黄的脸上也开始泛起了花瓣样的红晕,往日死鱼眼样的眼珠子也野兔般活泼了,盯住大闺女小媳妇傻笑,涎水从吊歪的嘴角淌下来,扯起柔韧的丝,黏黏的,太阳一照,晶亮晶亮地闪。瞅得人家急了,上来给他一巴掌,疼得他泪在眼眶里转,涎水丝儿悠颤颤地荡几个秋千,还是傻笑,仿佛女人的耳刮子很过瘾。

人们说,禄子想媳妇了。

可他那样的人,今生与女人怕是无缘的。

禄子轮到了狗子家。狗子家人口多,除了吃人饭做人活的,还有一只猫一只狗。人常说,猫狗一家人嘛。狗是条黄牙狗,老得身上的毛风一吹就一坨一坨地往下掉。那只母猫却极肥,两条粗实的后腿托起个圆嘟嘟的屁股,一身油亮亮的灰毛,蓬松的尾巴时而竖起,时而拖下。竖起像杆旌旗,拖下像女模特拖长的时装后襟。灰母猫情欲极强,隔几个月就要蹿到屋顶上嗷嗷地发情,叫得狗子他爹头皮发麻,狗子他娘胃里发呕,狗子裤裆里发热发硬。好在母猫不是干号,几个月后就下一窝猫娃来,有黄的、花的、灰的,当了妈就得早出晚归,那一阵房前屋后的老鼠惊人地减少了。满月了,河东的大神来了,扛一篮子白生生的面,抱走一只灰的;明日岭西的二姨子来了,捎一捆黄亮亮的、扭成股的酥麻花,揣走一只花的。狗子一家就能结结实实吃顿白面馍,咯咯嘣嘣过回麻花瘾。狗子一家人就很高兴,他爹说:"这母猫没白养,给咱家添口福哩。"

那母猫却突然死掉了,肚里还怀了一窝猫娃。

母猫是被捏死的,嘴里冒着黏稠的白沫,爪子上还挂着皮肉,尾巴下面红肿,湿漉漉的,浓痰样脏湿一片。狗子他爹收工回来扛了捆柴,他往猪圈角里靠柴时发现了它,脸都气白了。

"禄子呢? 禄子哪儿去了? 找他狗日的出来!"他咆哮了,一家人惊得慌忙去找,最后在后阳沟里找到了他。他的大裆裤子半褪着,大腿根血污狼藉,浑身抖作一团,一家人全明白过来了。狗子他娘带着哭腔骂:"禄子你作孽啊!"狗子他爹抄起镰刀把,狠揍了他一顿,还不解气,就要赶他走。老队长闻讯赶来了,他看了缩在墙角、筛糠样抖作一团的禄子半天,重重地叹口气,说:"唉,啥法子? 他也是人啊!"

然后劝狗子他爹说:"没爹没娘的,谅着他点,算咱积福了。再说,过去这阵子,慢慢就没事了,你说是不是?"

狗子他爹才算点点头,吩咐狗子去房后挖个坑把母猫埋了。他说:"坑挖深点,别叫野牲口扒吃了。"

禄子遭了这顿毒打,半个月没出门槛一步,半个月没说一句话,半个月没吃回碗饭。狗子他爹过意不去,就善了眉眼说:"禄子,俺上回打你嫌狠了,算俺不对,以后没事儿了,吃饭要吃饱,该上哪儿转了就去转转,甭怕俺了,啊?"

禄子死鱼样的眼球盯着他不敢转,头也不敢点——他不敢信。时间久了,东家心诚,他慢慢也就不怕了,但那眼球再也没先前那样活泛过。禄子迟到的青春就这样无声地退潮了。

三

忽然一年秋天,上面说大集体要解散了。庄稼汉们一个个火急火燎,议论纷纷。干部们外面开开会,回来开开会,宣传宣传。生产队里也开群众会,问题一个个提出来:田地咋个分法,山林咋个分法,牛羊咋个分法,楼耙、桑叉、木锨、粪桶、粪瓢、拉车轱辘咋个分法……一一研究好了,老队长说:"大伙议议,眼下又单干了,禄子咋办?要不要也分他一份呀?"

有人说:"分个啥,还是大家养着他。"

有人附和:"就是哩,分了他也不会种,白糟蹋地。"

狗子他爹说:"话甭这么说,不管禄子憨、能,也是咱队里的一分子,该分的分,哪怕人家不种哩。"

老队长说:"我看还是问问他。"就吐了一口烟,说:"禄子你听着,如今咱队上的地要分下去了,坡呀、林呀、竹竿呀,都要分,你是想分一份呢,还是让大家伙一轮一轮养着?"

禄子说:"俺要地。"

狗子喊:"禄子禄子,憨死你了!放着清福不享,种哪门子地!"

老队长吧哧吧哧吸着烟,咽了一口说:"再想想,禄子,种地是要花大力气的。嘴说是'庄稼活不用学,人家咋着咱咋着',可真干了,还是有巧处的,里里外外,缝缝补补……你听见没?别到时吃不到嘴里,穿不到身上……"

"俺要地。"禄子重复道。

狗子骂:"死禄子,死倔死倔!"

老队长把烟锅磕了磕,换个姿势说:"要不把你那份跟你哥分一堆儿,也好有个照应,早晚想单干了,再分给你。"

"不嘛……俺独个儿要。"禄子翻翻眼皮哼了哼,放出个沉闷的大屁。人们笑一阵,就全依了他。队长说:"这禄子,不憨啊。"

禄子吃了多年百家饭,穿了多年百家衣,而立之年竟真的独立了。他置来锄张镢头镰刀草帽,锅碗瓢勺油盐酱醋,认认真真、笨手笨脚地过起生活来。早春里锄麦草,锄不到的地方就窝下身子拔;红薯堆得像月子婆娘的奶头,圆乎乎、肉墩墩的;点玉米更仔细,折根棍量了人家的距离,就比着一穴穴种起来。慢工出细活,禄子的庄稼慢慢就做漂亮了,收成也眼气人。

慢是他的特征:做活慢,吃饭也慢。慢了就显得晚,总跟人家差半晌。这时山沟里也有电视了,夜里小屋里挤了满满一屋人,十点多了还舍不得走。门"吱"的一声响了,禄子端了碗蹭进来,独自在门槛上坐了。人们扭头看看就逗他:

"禄子,你那饭叫上面的人吃一口,他们唱戏唱饿了,加加夜餐。"

禄子嘿嘿笑笑:"他们不吃嘛。"

"你喊喊,一喊他们就下来吃了。"

"你喊,你喊。"禄子喜眯眯地说。

不管再忙再晚,一日三餐,他是一顿也不少的。不知是成了习惯,还是本能。

四

禄子住的那条沟地气好,出产一种能滋阴补肾的药材,书上叫它"山茱萸",伏牛山人叫它"枣皮"。这些年人们吃胖了,穿阔了,肾却都虚了。于是这枣皮一夜间就金贵起来,价钱还一个劲疯涨。禄子手里竟也有了响呱呱的票子。

禄子爱数钱,却不识数,也不认得钱。他一数钱,立刻就像蚂蟥一样吸了一圈人。

"一块、两块、三块………"凡是一张的都是一块。有人纠正他:"这张不是一块,是一毛。"他于是从头"一毛、两毛、三毛"地数起来。

人群就发出一阵笑。他好不容易数到十,接下去又卡住了。有人就教他,也有顽皮的孩子打他岔,嚷得他急了,也要翻眼发一通脾气。禄子数一上午的钱,就有人陪他看一上午,百看不厌似的。

有人进沟来买枣,枣就是山茱萸的鲜果。入沸水轻煮三分钟,捞出来用凉水泡了,挤去果核,晒干,方得商品山萸肉。起初行情是鲜枣八毛一斤,他哥怕药贩子们亏他价,交代说:"谁给八毛了卖,不给八毛不卖。"他就记住了。过几日行情涨了,人家给他九毛,他不卖,他说:"俺要八毛。"人们都笑起来:"八毛跟九毛哪个多?"

他闷头思想了半天,迸了一句:"一屄样。"

人们大笑起来:"一屄样你咋不卖?"

"俺要八毛。"禄子坚持着。

"中!给你八毛,过秤吧。"

过了秤,人家按九毛付了钱。他乐得屁花似的,涎水都要拱出来了。

禄子有了钱,也跟人出沟赶集了。转悠一天回来,啥也没买,他不知道该买些啥。

狗子说:"禄子,把干部服买一套,穿上也阔阔。"

他就去买了件蓝色挂领的干部服。干部服就是中山服,四个明兜兜,领口齐齐的,把大半截禄子包没了。

狗子又说:"街上卖有前进帽,人家说前进帽就是干部帽哩。"

禄子就又花了一天的工夫去赶集,回来头上扣了顶藏青色的前进帽。

前进帽就是鸭舌帽。禄子戴上前进帽,头上黄毛儿不见了,猛一下爽气了几分。狗子打趣道:

"穿上干部服,戴上干部帽,禄子你成大干部啦………禄子禄子,给你说个媳妇吧?"

禄子说:"俺不要。"

狗子说:"憨屎货,说个媳妇都不要,你要啥?"

禄子说:"你憨屎,俺啥都不要。"

几年攒下来,禄子居然也有了一千多块钱。老队长替他存进了信用社,说等他年迈了,好送他进乡里的养老院,而入院时要先交八百块进院费哩。队长说:"趁他现在有几个,先备下。"

禄子今年怕是奔五十的人了吧?古话说天不灭草,何况是人呢。

1990 年 3 月 21 至 24 日草成

1999 年 12 月 10 日至 14 日修改

旱季

一

村庄在闹腾着,山却很静。

太阳毒得厉害,耐旱的柳叶卷了边。听不到知了叫,挺好！一觉睡到日头偏西再上工,一口气干到天擦黑。垠山和大家一样,顶着最后一丝夕阳回来。他一连喝下四碗稀饭,边喝边收听中央台播出的路遥的小说——《平凡的世界》。末了,叹一口气。

这是公元1987年的初夏天气,十八岁的农家少年垠山却已经是一个六口之家的顶梁柱了。他住的屋子里黑洞洞的。天旱了两三个月,因为电站缺水,已经有一个月没送过电了。先前,渠水流进冒烟的地里,渐渐地水少了,为争水人们打破了头,砍伤了脚。不久,渠干了,枯了,鱼虾渴死了,螃蟹钻进了石缝里,没几天也被小孩捉光了。渠死了,人们也不打架了,打和被打的人也都不吱声了。

垠山望着那黑洞洞的门发呆。每人一两的计划煤油,早被娘收拾碗筷时耗光了。看不成书,更动不了笔,他想起来快一月没写日记了。

远处响起沉闷的鼓声。他烦躁地骂了一句什么,起身朝村头的打麦场走去。

他光着膀子，只穿件短裤头，这是他在县城上了几年学沾染的贱毛病。村里人除了小孩，没人敢穿那么短的裤头，只他一人穿，白皙的大腿都晒成了棕色。平常从人群中过时，嫂子们学坏，趁其不备，直取裆间。他急忙护住，骂："想吃还是想喝！"

"想看！脱了嫂子们看看！"她们喊着就要上来动真格的，吓得他逃开了。

村子很长。大树下，渠沿上，很少再有男女纳凉，更多的人摇着扇子往麦场赶。绕过那棵古槐树，他也挤进麦场上黑压压的人堆里。

入麦场的路口，有新砍的杨柳枝搭成的一方雨棚，棚内设一八仙桌做香案，案正中敬放一玉瓶，瓶口用红纸封了，内插一根松香。每家户主来，跪在香案前，点一封松香，烧一刀黄表，燃一挂鞭炮，再叩三个响头，作三个长揖，念叨一番方离去。站在看场中央的汉子们开始敲锣打鼓。《长庆》鼓震天动地，对面的山谷应起高亢的回音。

满子是条四十多岁的壮汉，举一副三十斤上下的大铙撞得正酣。他一只脚跨前半步，后腿微屈，上身向后倾斜，圆鼓鼓的肚皮在月光下亮闪闪的。

这铜器是村里的祖传宝贝。大人们说，咱村的人是穷快活。过去的日子苦，但只要不死，便要活个痛快。每年腊月交半，村里就锣鼓震天响，直到来年的二月二龙抬头。旧社会赶庙会用它，跟龙王爷求雨用它，老老少少的人排成拥挤的队伍赶热闹。小妹妹情哥哥热闹中暗送秋波，最终结成鸳鸯。后来不兴这些了，要破四旧，古乐器都要没收了，扔进小高炉化成了铜汤铁水。牛皮鼓也架火烧了，那烟焦味儿，在村里绕了七天七夜，风也刮不散。老汉们目睹惨状，大骂子孙不肖。偏偏村里有不怕王法的，牛棚上藏一面鼓，土窖里埋一副铙，山洞里塞一两副镲、一面锣。后来这个村子凭着这些破烂玩意儿很是辉煌,他们敲打着上街游行:"反击右倾翻案风","追悼毛主席逝世",欢呼打倒"四人帮"……直到灯节表演的传统节目,猪八戒的大肚子随着锣鼓节奏一颠一颠的,更使村里人声名大振。可惜,那一套实在残破不堪。这几年,人们的日子稍好过些,便有出头的倡议家家捐款,两块三块、五块六块不限,集资六百多,由出头人赴洛阳跑开封,购回一套新的。运回村子的那天下午,几乎所有人都闻风涌进那三间保管室。须发苍苍的老五爷摸着油腻腻的黄铜,浊泪盈盈。

也有年轻人轻蔑地说:"这破玩意儿,哪如买台电视机来?"却只是不敢大声嚷,若被老者听到,必骂个狗血喷头,逃也逃不及的。老辈人慨叹说,真是一代不如一代了。的确,这小一茬的,就知看电影呀,唱流行歌曲呀,没几个喜愿摸鼓槌的。垠山跟别的小伙不一样,他也弄不清楚,咚咚震天的喧闹,他竟能听出滋味来。于是羡慕,于是想伸手学。久了,居然也能操一两样家伙了。

上午,他就很是气派了一阵子。

"走啊,祈雨去!"

垠山刚从田地里干活回来,正在拿毛巾揾水抹身子,听见老满叔在大门外朝他喊。娘正把一篮子麦往外扛着晒,很有兴致地说:"去就去哩,人多不?"

"多!一家一个,快到场上集合,要走啦!"说着走向另一家,仍是破着喉咙喊。

娘说:"垠山,不洗了,快去吧!祈来了雨,也是咱的福气。"

垠山开始有些不耐烦。祈什么雨?雨也是能祈来的吗?但随即他就不这么想了,因为这话也是想说却说不得的,说了会遭村人骂的。他差不多已经很现实了,不想惹一身麻烦。祈雨?老辈人讲那是件很红火且更玄乎的事,他倒想见识见识究竟灵验不灵验。

绿裙挎了一个篮子迎面走来,问他:

"垠山,你干啥去?"

"祈雨去。"

"祈雨也戴草帽吗?寻着让老五爷骂你的吧。"

垠山摸摸草帽,有些不相信。绿裙看着他嘻嘻地笑。

"别哄我,绿裙!"垠山说。

"哄你是鬼!你去看看谁戴草帽了。"绿裙说完,又冲他笑笑,就走了。

梅二嫂抱了个三岁的妮子坐在柿树下的碾盘上,天气热得她敞着怀,两条奶子晒成泥巴色,坦荡地垂到腰间。她怪笑着,看着垠山走来:"敢是你娃子不懂这里边的规矩吧?嫂子说给你,要赶在日头最毒的时候去祈雨,还不准戴帽,晒流汗了不准叫热。还有,俺娘儿们没那个身份……"说着,看垠山走近她,便猛地腾出一只手来抓垠山的大腿:"早点不学学这规矩……"垠山忙闪开,拍了一下她乱如草蓬的头发,急急地走开了。

去得还算早。老五爷说:"娃!会操家伙不?操一样!"垠山便提了副镲。不多时聚了几十条汉子。太阳快正顶了,四面阴阳大旗前面开路,锣鼓铙镲依次排开,续上众人,浩浩荡荡汇成一支威风的队伍,在公路两旁妇女老幼满含期盼的目送下,开向黑龙潭。公路上行驶的货车、客车、小汽车的窗口,不断探出惊奇的脑袋和眼神。

过去,黑龙潭是名副其实的黑龙潭。夏天雾森森,白日幽暗暗。溪水从数十丈的石壁上淌下,散乱似珠。发水时,展开成一帘雪白的瀑布挂在石棱上,飞出千万朵白花,溅入墨绿的黑龙潭。年深日久,石棱下面生出奇形怪状的水渗石。两年前村里修简易公路,要从半崖上经过,就炸出一条路来,石块把几丈深的潭填平了。炸路的人说,那一天,一炮掀掉半个崖头,他们躲在远远的山上,看见从涧里腾起一团浓雾,接着一条粗长的黑影裹了那雾钻进云端里去了。老五爷痛心又不安地说:"去的是龙身,留的是灵魂,黑龙爷还在哪!"

队伍来到了黑龙潭。老五爷指挥着架好鼓,接着四处寻找雨眼。早年的雨眼老五爷记得很清楚,可正被石块深埋在地下了,气得他抖着胡须骂了一阵村干部。现在只得找一方凹槽权作雨眼,恭恭敬敬放上玉瓶——一只装有中华猕猴桃果酒的小白玻璃瓶,然后命令光膀子光头的汉子们跪下。霎时间,乱石棱中规规矩矩跪倒一片。

满子从衣袋里摸出两枚磨得闪亮的铜钱,递给老五爷,说:"老五爷,卜两卦!"

"好!"老五爷接过铜钱,捂在双手里,上下左右地晃一阵,猛甩在地上。

"喜卦!"他哑着嗓子喊。

人群一阵躁动。

"又是喜卦!"他再喊。

人群又一阵躁动。接着好久不见他出声,有人问:

"老五爷,这一卦……"

"哎哎! 这一卦……钱掉石缝里了,等我掏它出来。出——来!还是喜卦!"

人群里一阵喧哗。一连三次都是铜钱的正面朝天,喜得老五爷收起铜钱,不住地捋着稀疏的白胡须。

一片淡云飘过来,遮住了太阳,深涧里立即阴暗下来。

"阴啦! 阴啦! 雨来了!"沉不住气的后生大声喊起来,不觉都站直了身子,却被老五爷骂了个半死。人群又静下来,听老五爷演说:"这世上,你说谁最厉害? ——神最厉害! 那几年不兴敬神,我就说,操你妈个蛋,祖宗们一辈一辈几千年都敬了,你们敬得了神? 现时这不又敬起来了? ……去年赶在种麦的节骨眼上闹大旱,俺几个老汉偷偷烧香祈雨。不知哪个王八孙子汇报了，说我搞迷信。乡里书记来我屋赔着笑脸探问，我说祈了，咋着？他说不咋不咋，就赶紧走了……我连门口都没送他——俺快八十岁的人了，怕谁个屁……这回别说乡里书记，就是县里领导来，只要敢说我迷信，我敢当面日他八辈！"

众人大笑不止，老五爷激动地喘着气。

不觉过了两刻钟，时辰到了。老五爷念叨了好一阵，在衣襟上揩揩手，小心地从玉瓶中抽出了那根香。奇迹出现了：插入瓶中的那头湿了一指多深。咦，玉瓶明明是干的，哪来的水呢？面对众人的惊异，老五爷笑得更神秘了。

人群中爆发出野性的呼唤。汉子们重重地叩了三个响头，呼啦啦蹿起来，架起牛皮鼓打出了足足一个整套《长庆》，只震得崖上的碎石哗啦啦往下掉。

庄重、浑厚而古老的音乐，听得垠山禁不住鼻子一阵发酸。艰辛苦难的生活逼迫他们愚忠，沉浸在弥漫了千万年的悲壮气象里。他被父老兄弟的虔诚震撼了，被自己的虔诚震撼了。挥舞着手中草帽般大的镲，他喉咙里一阵哽咽，两眼泪水蒙蒙……

而归来时，头顶的太阳仍是那么的恶毒。

喧闹的金属撞击声震得垠山两耳发木。他揉揉耳朵，慢慢离开人群。

二

月光从老槐树稀疏的枝叶间泻下，碎碎地散了一地白银。小路清醒地躺着，很静，没有一个人。

绿裙收拾好碗筷，正匆匆往麦场上赶。她一眼看见晃过来的垠山，便叫他："垠山，你咋不看热闹哩？"

"绿裙，"垠山立住，"去哪儿？"

"看热闹去。"

"有啥看的,别去了。"

"闷得慌,香翠她们刚才喊我过去呢。"

"别去。"垠山坚持说,目光直直地看着她。绿裙觉出他有些反常,沉默了一会儿,试着说:

"垠山哥,你……怎么啦?"

"没什么。我不要你去,那里吵死了!"

"我闷得慌。"

"咱们去河边坐坐。"

"我怕人看见。"

"没人看见的,都在热闹。走!"垠山不由分说,扯了绿裙的手就走。绿裙也不犹豫,跟着他,绕过古槐树,沿一条笔直的小路往灌河滩上走去。看着村庄渐渐远了,绿裙紧走几步跟上垠山。

"垠山,你不怕吗?"

"不怕。"

"你知我说甚来?"

"知道。"

"你好聪明。"

"你好聪明。"

"我不聪明,我很傻,他们都说我傻。"

"他们说你傻,就是说你不傻。你真的不傻!"垠山说。这时已来到堰坝上。"来,咱们坐这石头上吧。"垠山说着自己先坐了,绿裙远远地站着。

"你站着干吗? 嫌石头热吗?"垠山说。虽是这般时候了,石头仍有些烫人,但过一会儿也就不觉得了。绿裙就在他身边的石头上坐下,离他六七尺远。

"你怕我吗,绿裙?"垠山轻声问。

"怕,又不怕。"绿裙说。

"怎么讲?"垠山笑了一下。

"不讲给你。"

"不讲我也知道,你是怕我的。"垠山敛了笑容说。

"不对!怕你还跟你来这没人的地方?"绿裙忍不住说,似乎很委屈。垠山盯着绿裙看,好久,才缓缓地说:

"你今晚真好看!绿裙,你的裙子是绿颜色的吗?"

"不,是红颜色的。"

"怎么没见你穿过。"

"白天没敢穿,夜里穿,你咋得见。"

"这怪了,买了裙子不敢穿,偷偷地穿,可怜!"

"你不知吗,俺们六七个姐妹都有呢,没一个敢白天穿的。香翠胆子大,那天上街赶集穿了,咱村有人看见,说给他哥,说街上的人都围来看她大腿了。回来他哥就逼她脱下来,一剪子一剪子给剪了。"

"真有这事?"垠山不信似的问。

"哄你不成,香翠姐直哭了一天一夜哩。"

"混蛋!"垠山骂,"他们懂什么?都他妈的混蛋!"

绿裙觉得垠山骂得很好听,很解恨,似乎替她们姐妹骂出了它们积蓄已久的愤恨。一时间,她觉得这个平时很沉默的人更可亲了。

月亮快升到正顶了,挂在河边的柳树上。鹳河成了条衰老的青蛇,疲软地弯曲着,喘出微弱的气息。

小小的一阵风吹来,绿裙的长发滑到了眼前,她用手往后拢了拢,一张明月般端秀的脸庞露出来,在柔和的月光下楚楚动人,更显出几分如花的妩媚。

"绿裙,你过来。"垠山轻声说。

"不!"绿裙说,低了头,不安地摆弄着裙子的下摆。

"过来!"垠山坚持说,"我不惹你的,过来吧。"

绿裙犹豫了一会儿,终于站起来,走过去立在垠山身旁。垠山拉过她的小手,轻轻一带,绿裙挣扎着,还是跌落到垠山赤裸的怀里了。一跌进怀里,绿裙就不再动了,由垠山两条有力的胳膊紧紧地搂着。

"你不该怕我,"垠山说,"我会好好待你。"

"我不怕……你的心跳得很快呢。"绿裙说。

"你看这样多好……你的头发好香。"垠山一只手抚摸着绿裙的秀发。绿裙在他怀里扭动一下身子,把脸埋在他怀里。垠山双手托住她的脸,端详了许久,说:

"绿裙,你很美呢!"

"你哄人,哪比得上你们那洋学生。"

"她们算什么!"垠山激动地说,"你要像她们那样打扮,强她们十分呢! 你是凤凰,她们是麻雀。"

绿裙又说了句"哄人",却感激地搂住了垠山的脖子,垠山趁机在她光洁的额头上亲了一口,又扳过她的脸,咬住那双湿润的甜甜的薄唇。许久许久,绿裙才挣脱开,骂道:

"你坏! 跟电影上的一样坏!"

垠山叹了口气,说:"这怎么算坏呢? 我欺负你了吗?"

绿裙找不出什么话来说,捂着嘴笑起来。垠山也笑起来,说:"绿裙,把外衣脱下来。穿这么厚,不热吗?"说着,他的手无意间触碰到她的大腿,他呆住了——

"怎么,还穿着长裤呀?"

绿裙笑起来,把裙子撩起,露出挽得很高的长裤。

"俺们都这样,没人敢像城里的妞们,只穿……"

"真有意思!"垠山说着,感到好笑起来,手忙脚乱地把绿裙的长袖衬衫脱了，只剩一件紧身的短袖内衣。绿裙丰满的身材和波浪般起伏的胸脯更坦荡地显露出来，垠山不等她平静，便猛一把将她揽在怀里，紧紧地搂着，粗糙的颤抖的双手在后背和肩头抚摩着，急切地寻找那两片同样火热的唇，然后紧紧地吻在一起。苦难忧愁的世界便在强烈而温柔的爱抚中消融了……

子归鸟在河对岸的山坳里孤零零地叫一声，又叫一声，却没有一声回音。夜仿佛是死掉了一般。

<h2 style="text-align:center">三</h2>

满子打完一曲，已是大汗淋漓。他抹一把额头上的汗，骂一声天，又扫一眼周围的人群，突然一愣：他看见聋子正伸了脑袋朝这边傻呵呵地看。聋子矮瘦不堪，不足四十岁却已满脸皱纹，像个老头。这样的人却是个十足的戏迷，看懂看不懂，听清听不清，只要隐约听见锣鼓响，便往人堆中钻。他那很有女人味的婆娘常黑丧着脸骂他："也不撒泡尿照照你个鳖形儿，也配站在人前！"他只是呵呵几声，忙走开去。聋子对老婆温顺极了，也疼极了，所以婆娘从没跟他闹过离婚——她有三个小娃了，也结了扎，离了跟谁去呢？

满子又瞥了眼聋子入迷的样子，心里更痒得难受。他把手中的大铙塞给旁边一个汉子，说："二哥，接着，我屙泡屎去。"便斜着膀子从人群中挤了出去。

村里也有瞧不起这场面的，刘金锁就是一个。他三十来岁，人很精干，三年书没读完就被爹吆喝回来放牛挣工分。他常说要不他准能考上大学，这会儿最起码也弄个乡长当当。他这几年倒腾生意发了财，干脆连地也不种了，自家留了几分水浇地，旱地全租出去，也不收租子，只要钱。他说："要粮食做屎哩！这年头，粮食恁屎便宜，有钱多方便！"村里人都恨他："妈的！刘金锁成了地主老财，旧社会又回来了！"钱是人的胆，有了胆说话嗓门就粗，村里人听不惯，都不理睬他。有人阴阳怪气地讥讽他,他也不在乎,一天三顿白馍照样吃,带嘴的香烟照样抽。他婆娘是埝山的二姐,柳眉细腰的一个女人,两年前突然暴死。中年丧偶是一大悲事,刘金锁倒不大在乎,一年没过就娶了个二十出头的黄花闺女。虽说也细皮嫩肉的,但外人看来哪有第一个顺眼,但是刘金锁心疼得宝贝肉似的。这大旱季节,村里哪个人不心急火燎,独他优哉游哉,日子过得赛神仙。

晚饭后,他故意跟大家对抗似的,放一张桌子在大门外,搬来那台全村独一无二的双卡四喇叭收录机,电门开得十足。河南有名的曲剧《卷席筒》《李豁子离婚》《小寡妇上坟》,一个接一个地唱。他的院落正在路边,经过的人中有按捺不住的,犹豫了半天,对一起走着的人讷讷道:“您先去吧……我有些头疼,在这儿清静清静。”其实一溜烟到他院子里听戏来了。但这样在村人看来没骨气的人毕竟不多,若忽然走来一个汉子,大喊一声:“这玩意儿你没听过?稀罕得很?”有些人脸上便再也挂不住,只得起身,恋恋不舍地去了。

已是十一点光景,天仍闷得进不去屋。刘金锁靠在椅子上,眯着眼醉醉地听戏,突然他机敏地睁开眼,见满子大步走过来。他旋小了电门,起身招呼道:

“老满叔,抽支烟!”

满子想推手不要,见是支带把的,也就接了,心里骂:“阔你个蛋!”面上却笑:“你他妈成财神爷了,连龙王爷也不敬了!没良心羔子!”

“龙王爷算个屁!他不下雨,三年两季困不死咱金锁子!”刘金锁财大气粗地说,推开气体打火机给满子点了烟。满子猛吸一口,喷着烟雾笑骂道:

“别你妈的张狂,总有你用着老天爷的时候!”骂完斜了一眼那机子,红绿灯一闪一闪的,像女人的媚眼。他禁不住又说:

“这机器,没电也能唱?”

"玩干电池嘛,没电照常放。满子叔,你坐下听一会子。"

"常听!常听!"满子眨巴着眼,忽又诧异道,"玩干电池?那要多少钱哇!"

"不瞒您说,光天黑这会儿快用二十节电池了。"刘金锁不在乎地说。满子吓了一跳,说了声"你真他妈舍得",急忙走了。

没电,路灯不亮,满子觉得挺合适。又怪月亮太明了,照见他的影子在地上,他不由得缩了脖子,做贼似的急急地走。他心里正骂刘金锁,隐隐听见村长家里传来划拳声:

"四季发财!"

"八抬你坐!"

听见划拳声,他就想起了酒,想起酒,就仿佛闻到了那股香气——比女人身上散发的更醉人的香气,他嗓子眼就发干。他恨不得一头撞进村长家里,搬过瓶子饮他妈半斤八两。但这会儿,他只是咽了口唾沫,心里狠狠地骂:

"驴日的村长!妈的天天喝,老子不得沾!驴日的村长!妈的天天喝,老子不得沾……"

猛然发现一个人立在面前,抬头定睛一看:是村长。村长三十岁刚出头,是他孙子辈,当然是隔了很远的门房了。看见村长,他就想起了村长婆娘。

村长娶了个俊婆娘,水灵灵的掐一指甲就流水。满子四十多的人了,见了她不由得两眼发直。村子里习俗,非近亲的爷孙辈兴闹玩笑。逢年过节,满子喝得醉如昏鸦,疯子一般在村里闹腾,他的远房孙媳妇们约了三五个一起上,将他按倒,往裤裆里装一只鸡,塞一把稻草,撒几把沙土,然后一哄而散。尽管有时候满子脸上肮脏不堪,裤裆里塞了蒺藜刺,粘在屄毛上拽也拽不掉,扎得那玩意儿难受,他也从不恼。因为他自有他的乐趣:打闹中,他可以毫不避讳地揉一下这一个的奶子,捏一把那一个的大腿,甚至把一个肥婆娘压在身下,拍着她肥肥的屁股骂。那么多媳妇差不多都跟他疯过,独独剩下村长那一位,引也引不来,却又出落得那般撩人。

"奶奶的! 嫩和的娘儿们老子没沾一个!"他婆娘又瘦又小,看着没劲,吃着没味,他就常在心里狠狠地骂。

"老满爷,哪里去?"村长立在大门前,像是要出来撒尿。他打了个酒嗝,递过一支烟。

"屋里来个客,娃子喊我回去。"满子不自在地说,接过烟。"妈的,又是带把的!"满子站住,他比村长高半个头。

"那边热闹吧?"村长问。

"还用说?"满子斜了他一眼,教训似的说,"你娃子如今当村长了,也该支持支持。龙王爷落了透墒雨,不也是你的福?"

村长不搭话,只是嘿嘿笑。

"笑个屁!"满子有些恼,"大小做个官都他妈的日怪,连笑都阴阳怪气的,你说咋?"

"嘿嘿……要是能落透墒雨,嘿嘿……我私人掏腰包再续上三天大戏,把县剧团请来! 可惜,可惜……嘿嘿……"

"都像你他妈这般没诚心,龙王爷有雨也不会便宜你这龟孙!"满子说着,火气真的上来了。他想起刘金锁,想起缩在角落里听戏的混蛋贱骨头,还有只知看红火不知操正心的王八羔子们,气就不打一处来。便又骂:"日你妈都是些没良心的,风调雨顺才过了几天好光景,就不要神了! 手里有几个臭钱,张狂个蛋! 老天爷大旱三年不收成,看你们喝熊去!"他骂上了兴,村长有些慌了,忙赔笑说:

"好啦好啦,老满爷! 您敬! 您祈! 没人管得着! 好啦! 走,进屋喝几盅去。"

满子停住了骂,心头有些湿湿的,但刚才话已出口,不好再改,更重要的是他有更美气的事要做,便拍拍村长瘦削的肩膀,骂骂咧咧走开了。

　　跳过一条小沟渠,他拣阴暗的地方走,七拐八拐,鬼一般摸到聋子的院子里。院门虚掩着,他侧了身子进去,几步跳到低矮的窗前,伸手在窗棂上敲了三下。立即从床上折起一个人,疾步走出来,边开门边骂:

　　"死鬼!咋才来!"

　　满子撞进门去,迫不及待地一把搂了光着身子的女人,在她肥肥的奶子上狠狠地捏了两把,说:

　　"贵贱脱不开身啊!我比你还急……"说着抱起女人往里间走。女人推了他一把,骂:

　　"冲冲身子去!汗腻腻的,叫人恶心!"

　　满子只好放下她。哪里会有水冲身子?只用湿毛巾抹了抹脸和胸脯,甩下毛巾便扑上来。他抱起女人,放在床上,开始急促地解裤腰带。

　　"你慢着来行不行?死鬼,就知道干这个!"

　　满子嘻嘻地笑着,已爬上床来,在女人身边躺下。

　　"快俩月没挨你啦,还能不急?妈的,老天爷不长眼,急得人真够呛!"说着在女人的奶子和肚皮上使劲地揉。不久便按捺不住,身子爬了上去。

　　"妈的聋子好福气!遇上你这肉乎乎的娘儿们!俺俩真该换换,奶奶的!"

　　女人也不言语,在下面咪咪地笑。

　　"刘金锁贩了一车面粉。他知道粮店里面粉空了,就囤起来一两也不卖。奶奶的,今儿一开价就要五毛,硬是一斤涨了一毛多!"满子愤愤地说,"你拎了几袋没?"

　　女人说:"聋子是个没本事人,不吭不响的。我凑钱拿了一袋。"

　　"一袋中屌用!"满子说,"老天爷再有十天不下雨,秋季就完蛋啦!我今儿才从砖厂领回八十块钱,明儿给你三十,再拎他几袋防备再涨价……几时有了几时再还我。你那几个娃子们还小哩,不管到啥地步,肚子不能不填饱!"

"俺不能再要你钱了,你一家子人哩,挣个钱不容易。"女人认真地说。

"没屎事,俺能挣!"满子豪爽地说。

女人还要说什么,没说出来,却低声叫唤起来。

月亮有些斜了,月光洒进窗子,映得床上的景物影影绰绰……

四

村子里的喧闹终于平息下来。垠山静静地坐着,绿裙在他怀里睡着了。鹳河水没一点儿声息,对面山坳里那只孤单的子规不再凄鸣了。稻田干裂的缝隙可以松松地塞下一只脚,地皮硬邦邦的,麦场一样干燥。青蛙们不知是死了,还是躲到哪里去了,一声蛙鸣也听不到。

他推了推甜睡中的绿裙,绿裙正在呓语,迷迷糊糊地更搂紧了他的脖子。

"绿裙,绿裙……"他喊,扳起她的额头吻了下,绿裙醒了,长长地出了一口气,睁开眼定定地看着垠山。

"你冷吗?夜有些凉了。"垠山说。

"不冷。你没穿衣服,你冷吧?"绿裙说。

"不冷。"垠山说,叹了口气,"夜凉了,三天之内不会有雨了。"

"你也信吗?我想你们读书人不信呢!"绿裙笑着说。

"我不信,但我想着下雨啊。"

"谁不想下雨?"绿裙说。

"三个月没见着雨了,玉米苗干在地里了,红薯秧焦了,秧苗黄了。地下的黄豆、绿豆、芝麻、高粱,发不了芽,抽不了叶;抽不了叶,开不了花;开不了花,结不出果;结不出果咱们庄稼人就得饿肚子。大家的汗白流了，白流了还得饿肚子，饿肚子还得流汗，流更多的汗……"

垠山握着绿裙的手，呆呆地看着对面茫茫的山野，喃喃地念着，不知说给天听、地听还是自己听。

"垠山哥，您别愁，仔细愁出病来了。大伯的病好些了，您的担子就轻些了。大家熬得过去，你也熬得过去。你别愁！"绿裙疼人地抚摸着他瘦得硌人的肩膀，柔声地安慰他。

"好，我不愁。"垠山收回目光，看着她说。

但他怎能不愁呢？他要养活一家老小六口人啊。庄稼早死了，要挨饿。不挨饿要有钱买粮食，可他没钱。爹有病，奶奶瘫在床上，小弟小妹要上学，都要钱。伺候庄稼，还要挣钱，他一个人怎能顾得周全？去年春天，他把后山的二亩薄地种上了桔梗，买种子欠了二百多元的债。桔梗苗长势很好，两年后能卖两千元，却遭天旱了。他每天担水浇，一担水上去，汗衫都能拧下水来。老天爷并不可怜他，仍是旱。眼巴巴看着绿葱般的桔梗苗儿蔫了、黄了、枯了，他眼泪也流不出，泪水早化作汗水流干了。这时候，姐夫刘金锁对他说："垠山，你那桔梗不行了，刨了吧，埋在土里小心遭虫！"垠山说："没小拇指粗，谁要？"刘金锁说："咱不是外人，不会眼睁睁看着你老本赔净。一块钱一斤，我包了！"垠山当时还挺感激的，不久就知道，他转手倒卖，以次充优，一斤净赚一块八……这些辛酸事他怎好给绿裙说呢？

他又深深叹了口气，惆怅的气息沉重地挂在绿裙脸上。绿裙一只小手温柔地扳住他的肩头，抚摸着扁担压出的深深印痕，哀哀地说：

"你别愁，俺知道你很苦。有学上不成，想读书又读不成，家里这么重的担子压你一人身上……不过垠山哥，凡事慢慢来，都会好转的，你不要愁了，啊？垠山哥……"

听绿裙这么可人的安慰，垠山不禁动情地搂紧了她，盯着那似

乎泪水盈盈的亮亮的眼睛,轻柔而急切地喊:

"绿裙,绿裙,你愿意嫁给我吗?"

绿裙温热的躯体猛地抖动了一下,头在他怀里埋得更深了。

"绿裙,你不愿意吗?嫁给我!我买绿裙子给你穿。你穿绿裙子、红裙子,我一定不会拿剪刀一刀一刀地剪。绿裙,你不高兴吗?"

绿裙说:"你不是有了吗?干吗哄人呢!"

"我没有人,真没有人。"

"去年夏天来咱村的那一个,白白的,高高的,那个洋学生,那个穿漂亮连衣裙的洋学生,不是你相好吗?"

"别提她!我不要你提她。"

"她有学问,你也有学问,多合适。"

"识字的人靠不住,是假的。我要你。"

"我不好,看不下书来,字也写得不好。我只会做饭做针线,我不配你,垠山哥。"

"字写不好没关系,你心灵手巧,字也会写好的,书也能看下的,你会比她们强十倍,你什么都能学会的。你说不是吗,绿裙?"

绿裙不作声。

"你心眼好,能吃苦,咱们会过得很好的……绿裙绿裙,你怎么不说话呢?"

"你一定要娶我吗?"

"我一定要娶你。"

"娶我一辈子吗?"

"娶你一辈子。"

绿裙不再说话了,她伏在垠山的肩上嘤嘤地哭了。滚烫的泪水从垠山的肩头流下来,流到他结实的胸脯上,渗进皮肤里,汇入他的心脏里,化成血液了。

垠山拍着绿裙柔嫩的肩头,像安抚一个温柔委屈的孩子。他说：

　　"绿裙绿裙，别哭了。你看那颗星星落下来了，老天爷就要下雨了，旱季就要过去了。绿裙绿裙，咱们起来吧，咱们一起回家吧……"

1988 年 8 月 3 日至 12 月 31 日

写于西峡县石界河乡走马坪村野云斋

带馅的馒头

一

公司派我南下到皖北一个重要城市做医药代表,目的是先摸清情况,再建立一个办事处,开辟新的销售市场。我知道冯总为什么要派我来而不是其他人,用他的话说:"一呢你有专业知识;二呢你会来事,吃喝嫖赌都会,能在最短的时间内跟各色人等拉上关系;三呢你精力充沛,累不坏。"前两条我没的说,后一条就是用好听话哄我了。当然这条也不是没根据。三年前,跟他去兰州开一个医药交流会,三天三夜的火车,买的都是站票,同行的六个人全累趴下了,只有我精神抖擞的。这下他们全服了!住到兰州宾馆,冯总打着哈欠说:"我的小爷呀,你的精力快赶上敬爱的周总理了。俗话说人三天不吃饭能行,三天不睡觉却是万万不行的。服了!真服了!"我说:"您过誉了,其实大伙休息的时候我也迷糊那么一阵儿,但也不排除我有觉悟、有责任心。我想,要是大伙都睡死了,钳工们做了咱们的活儿,怕都不知道。当然我知道这是冯总您给我一个展示自己的机会,我怎么能睡呢?当然我想在您的关怀下,争取更多的发展机会。同时让您相信,我还是能负类似中层这种责任的。这不,我在火车上还构思了一些想法,是关于市场开发方面的,我还写了一篇草稿……"我见冯总目光呆呆地盯着我,像是专注,更像是期待,我忙回头去包里翻,等翻出来呈给他时,他却横床而卧了。我虽有点失望,但更多的是得意,他就是死了也不会知道我没犯困的原因——我一路在看贾平凹的《废都》哩!《废都》我这是第二次看,刚上车那会儿,同事小朱说,怎么又在烫剩饭?说着就睡去了。他小朱哪会知道,我是在为贾老先生的色情描写填空呢!

当然,我也并非他们那帮人说的那么庸俗,什么吃喝嫖赌五毒之中就差抽了。吃是当然的,人生下来就会吃的,这本没什么可笑,如果不会吃,不能吃,反倒可怕了。小时候总是吃不饱,家里穷,兄弟姐妹多,印象中十几年里就吃过一顿饱饭。当然春节除外,那是要彻底吃饱的。二十三,过小年;二十五,做豆腐;二十六,蒸馒头……尤其是二十六,那可比三十儿还三十儿啊!有馒头吃,一个,一个,又一个,爹娘再也不会因怜惜而责怪我们了。娘还说:"娃儿呀,慢着吃,别噎着啦,馒头可是能噎死人的!"八三年那年腊月二十六,我一个下午连吃了十三个馒头,也没见噎死,那年我才十三岁。那年头,在豫西伏牛山的农村,能一口气吃下十三个馒头的男孩远不止我一个,也没见一个噎死的。因此,后来很多年我都一直怀疑母亲是怜惜我还是怜惜那白面馒头。

当然现在是不再吃馒头了,哪怕它再白、再圆、再挺、再富有弹性。我现在是什么人?华仁堂药业公司数一数二的医药代表,年薪十万的白领,岂能再与馒头三餐相伴?别看我在医药管理局官员和医院主任面前是孙子,在分销商面前,可是大爷!这不,来这城市里没十天,胃都喝坏了,嗓子也哑了,耳朵也快要生茧了。我就说了句话:"哥儿们听着,您要是真爱戴我的话,业务按咱定的做,提成一个百分点不少,一日三餐别再烦我!"钟老板说:"那就少一餐,早餐不陪您了,您夜生活丰富,早上就多睡会儿。中午和晚上就由不得您,俺七八个弟兄轮流做东,按号来,可管?"我说:"不管!"这个"管"字是皖北一带的方言,意思是可以,就是河南人的中、行的意思。胖子庞老板就趁势说:"那石代表您说吧。"我知道全取消了准不成,就说:"掐两头,留中间。但话说明了,谁下午六点以后再打扰我,那百分之五的机动指标就别指望了。"虽是说笑,却也见了效,这才逐渐安稳了些日子。

可我却是个主贱的命,没三天,口中却寡淡不少。用花和尚鲁智深的话说,嘴里要淡出个鸟来。晚上没事的时候,也踱出大门,在对面的夜市小摊上要两份小菜,二两白酒,独饮起来。隔条宽阔的马路,看对面宾馆霓虹灯不停地闪烁,人车如流往来穿梭,心想这是什么事嘛,忙忙碌碌的。脑中却生出一种诗意,很悠闲,很古怪,很沉醉,便又呷了一口酒。刚拿了筷子夹了红烧肉往嘴里送,筷子却被一个柔软的东西猛地碰掉了,一个急促而又带有磁性的女声传过来:"对不起先生……先生对不起!"我扭头一看,见一个穿了蓝布上衣的妇人正弯了腰捡掉在地上的筷子。看着她弯下去的脊背,我正在我的词语库里搜索用什么刻薄的词来损她,她却慢慢直起腰来,一双肥实的奶子蹭着了我屈放的胳膊。抬眼看时,眼前是个脸色清丽而身材丰韵的娘儿们。我竟呆了,想好的损词卡了壳,两眼死死地盯着离我寸把远的肥乳,就又听见那磁性的女声说:"实在对不起,先生,人太挤了!"她用餐桌上的餐巾纸擦拭好我的筷子,放好,就要走。我忽然说:"慢着!"她就站住了,用疑惑的眼光看我。我说:"就这么走啦?"她没吱声。我似乎是受了鼓励:"你是干什么的?"问这话的时候,我真希望她是妓,那我今夜就要有好事干了,就凭那两只肥奶,一夜三百块我也不嫌亏的。不料她却说:"卖馒头的,先生您要吗?"我禁不住心头一喜:天哪,她还会说暗语?一只老鸡了,更老到,弄起来更有味道的。我当然不能喜形于色,就也老到地问:"多少钱一个?""五毛。"她说。我心里骂,这女人行情也太高了,一个五百,两个就是一千了,要知道一个处女也不过这个价,换了三流的鸡是要搞十个的。就还价:"三毛,行不行?"她却说:"不行,批的还三毛五呢!"我不屑道:"什么稀罕玩意儿,以为谁都没吃过!"她以为我真的要买,认真起来:"先生,别人的您或许吃过,我的您就不一定尝过了。"我心里说,那当然,今儿不才遇见你吗?"别人都是机器的,我的是手工的。机器的都是又硬又小,我的可是又虚又大,先生,您看……"听到她的推荐词,我一阵窃喜,尤其是那句"又虚又大"的话,令下面的老二极不安分地挺了起来。我接过她递过来的一只大馒头,几乎就在此时,我才发现她右臂弯里果真是挎个马头篮子,篮子上竟还搭了条白毛巾。我当然不会相信她真是卖馒头的,尽管接了她一个馒头。我用中指在馒头上按了一个坑,那坑马上又复原了。"真的很虚!"我说,心里却思忖着她那奶子若让我按一下,是不是也会有一个坑,是不是也会马上复原的。"要吗?"她又问。我于是有些急不可耐地问:"说吧,到底要什么价?"她似乎有些不耐烦地说:"不是已说了吗?五毛一个。""一点都不能少?"我显然是有些不甘心。她却烦了:"先生您别逗人了,看您七碟子八碗的,也不像吃馒头的。"说完就扭了身。我急了,竟起身追了两步:"我要我要,当然要!就你说的价。你说,在哪儿碰面,几点钟?"她慢慢转过头来,一双杏眼透视似的盯了我半天,丰润的双唇蹦出几个冷峻而平静的字:"对不起,您看错人了!"

直到我泡在宽敞的浴池里,我都不相信真的是自己搞错了。要知道我石代表别的能耐不敢吹,看小姐却从没走过眼,北京上海没有,深圳海南就更没有,没料到在这皖北的弹丸之地却栽了。这样想着,心里就不是个滋味。羞辱,懊丧,不服气,索性就在池子里扎了个猛子,想把自己憋一会儿,憋一会儿可能更清醒,更解恨些。

二

第二天夜幕降临的时候,我就又去那个小烧烤摊前。这回我只要了两菜一汤,让她一会儿看起来我更像是需要馒头的人。她来了,远远地听到那很柔软很磁性的声音:"卖馒头,手工馒头,又大又虚的手工馒头……"我心里正喜,她到我跟前却只瞥一眼就径直走了。我叫道:"哎,小姐,我要馒头。"她头也没扭一下。我真想追上去,抬了抬屁股,见周围的人都怪异地看我,才忍住了。回宾馆后发誓明天晚上还去,一定要攻下她。早上却接到下边县里一个电话,是我的经销商打的,说他们医药局的刘局长一定要见了北京来的厂家代表才答应签一批单子。我当然要去了,在女人和金钱面前,我还是很理智的。好在路并不远,中午就到了。所谓业务,无非是喝酒。下午完事后,我一定要赶回去,经销商却不依。他说中午是刘局长请的,不算,晚上他一定要请,顺便也请刘局长。要知道他请刘局长也不是随便就成的。我就说:"好吧,但酒要少喝,饭后还是一定要赶回去的。"他嘿嘿笑着答应了。结果我却被灌醉了,要知道凭我的酒量轻易不会醉的,都怪要强好胜,跟刘局长划拳斗酒,明记得中午他胜不了我,晚上却只输,越输越来劲,早忘了回家的事。经销商也一反常态,再不见替喝了,结果连自己怎么进的房间都记不起来了。

次日醒来已日上三竿,爬起来要走。经销商又不肯,他说:"今儿咱到后山湖钓鱼去,回来到家去,让你嫂子给清蒸。"我说:"下次吧。"他又说:"那也不能走,我给你联系个雏呢,刚从乡下来的。昨晚价都说好了,你却醉得不行,怕冤枉了那钱,再忙这可要尝尝。"我知道他是怕我催结上批三十万元的货款,想再周旋一阵。款是该结了,但也不是非这次不可,就卖人情说:"谢了,留着下次尝吧,我真得走了。"我是惦记着那卖馒头的妇人。

不料山路上却堵车,一辆大货车会车时翻下陡坡,四轮朝天横在下层"之"字形的路中间,十几吨苹果滚了满山遍野,于是引来满山遍野的抢拾者。货主死了,驾驶员却活着。车堵了十几里长,天快黑才疏通,到宾馆我第一次不通情理地没留司机吃饭。我独自赶到那烧烤摊前,胖女老板说:"你来晚了,她早走了。"我有些不自然地对老板说:"真的走了?"她也不理,我便没趣儿。"老板你真的认识她?"老板拿眼剜我一下,却不说话。我就有些羞怒,正想发作,老板却问:"师傅吃什么?"我没好气地说:"吃馒头,你有吗?"她冷笑道:"有倒是有,就怕你不爱吃。"我也冷笑:"知道就好。"站起来想走人,毕竟有些不甘心,放弃了一个处女,回来却扑个空,就摸出两张百元大钞来,扔到桌上说:"既然你都看出来了,我也不瞒你,我就是想要她。不过这女人挺奇怪的,凭我眼力,她绝不是个乡下妇人。你看你都叫我'师傅',她却称我'先生',这是很体面的称谓,我也体面,她也体面,你帮我摸一下她的背景,完了还有报酬。"就随手拎了她一只烤鸡和一瓶酒回去了。

一晃又是几天,我忍住没去。

又过了几天,仍没有音讯,就忍不住去了。

老板娘立即拿过来一卷钱,说:"我太忙,您吩咐的那事办不了。扣去一只烧鸡十五元一瓶啤酒两元一共十七元,该找师傅您一百八十三元,点点对不对?"这时天下起了雨,雨中我看见一个妇人头上戴了斗笠,扭了篮子过来,却绕过我面前那张桌子,从几米外的人行道上走过去。雨雾中我没看太清楚,但我敢肯定那就是她。

我似乎有些绝望了,早餐时服务生又端上一杯牛奶、几片面包和点心。我说:"有馒头吗?"他吃惊地看我一会儿,才说:"有的,要吗?"我说:"要。"他就端来一个碟子,却是切开的几片馒头。我说:"怎么搞的,我要你切开了的吗?"他忙说对不起,就端了下去,片刻又上来一碟。确实是馒头,但不是圆的,是方形的。我就又嚷:"有没有搞错,我要的是馒头,圆的是馒头,你信球娃怎么上方的?回去问你爹你爷,馒头是方的吗?"小服务生竟也小姑娘似的抹眼泪了。经理忙过来询问,见是我,老主顾了,就对我堆了笑脸说:"石老板,请原谅,我们这里呢,现在没有圆形的馒头。石老板要吃的话,我打发人上街买去!"我说:"今儿不吃了,气都气饱了。不过,还是要准备些,没准爱吃圆馒头的客人也不止我一个呢!"经理忙说:"那是那是……"于是,第二天我真的就吃上了圆馒头了。不过它太小了,皮虽亮,却不润,像抹了厚霜的女人的脸,手指按下去,半天却起不来,才相信那女人的话是不虚了。

没几天公司招我回京汇报,一走竟是两个月。我不仅早餐要吃圆馒头,晚上只要一闲下来,脑子里便是那妇人和她的馒头。

三

再回来时,已是深秋季节,晚上就有些冷,心想那烧烤摊不知还出不出。还好仍在,但摊位明显少了许多。老板娘见到我时勉强笑了一下,说:"回来了? 坐吧。"我却不坐,说:"我要您两个菜一瓶酒,但我要带回房间去。"她说:"管。"我又说:"我可以付您双倍的价钱,但您得想办法让那女人把馒头送上去。"她迟疑了一下,点了头。

我原本是没敢太指望的,喝着啤酒看着电视,不料门铃竟响了。我的心莫名地紧张起来。我拉门的时候人也随门往后走,使她看不见我,等她人全进来了,我很快把门关上了。在我预料中,她肯定要吓一跳,甚至惊叫的,结果却很平静。她定睛看了我一会儿,说:"馒头送来了。"说着就放进几案上的托盘里,然后站在那里。我知道她在等我付钱,我假装摸了半天,摸出一张百元大钞,她漠然地看了看说:"先生是不是有意的? 你明知道我找不开的。"我说:"对不起,我实在是没有零钱。"她说:"那就不用付了,算我那天碰掉您筷子的赔偿了。"我万没料到她竟说出这样的话来,忙赔了笑:"小姐说哪里去了……"她猛地打断我:"别叫我'小姐'!"我一怔:"那叫你什么?""叫'大姐'!"她说。我说:"好,叫'大姐'。那以后您也别叫我'先生',叫'大哥'。"她却哧地笑了,这一笑使我心花怒放,这一笑使我一下子感到了古人"千金买一笑"的分量,这一笑使我看到了事情的转机。我忙弯了腰,抢过她臂弯里的篮子。"大姐既然进来了,还是请您坐一坐。大哥又不是狼,能吃了你?"她斜了我一眼,才在沙发上坐了。偏了头,嘴角浅笑着说:"狼你算是一条,不过不是大灰狼,是色狼。但没必要怕你的,你吃不了我。"她这姿势、眼神,这语气,在几十秒钟的变化,使我对眼前这个卖馒头的女人产生了极大的陌生感,甚至恐慌起来。

我当然不敢造次,但我们约定她每晚送馒头来。现在对馒头我是真的喜欢起来了,久了,竟找到了童年的欢乐。于是,我常想到童年,想到生养我的那个豫西山村,想母亲和父亲,想拾粪的陈大爷。陈大爷拾了一辈子粪,一次去镇上赶会,半道却折了回来,手里捧着一个大梧桐树叶,里面包着一泡新鲜的牛粪。我放学路过他家门口,见陈大爷坐在门槛上盯着一包什么东西出神,近前一看,原来是一堆鲜牛粪。我说:"陈大爷,你盯着牛粪干什么?"陈大爷说:"娃啊,你看它像个啥?"我说:"像牛粪呗!"他说:"你再看看。"我说再看也是牛粪,陈大爷说:"不对,像个大馒头哩!"我说:"陈大爷,您可真逗!像馒头您怎么不吃它?"他就说:"娃啊,你不懂,它还真是能吃哩!你想想,把它上到麦地里,麦子长出了麦穗,麦子磨成面,面蒸成馒头,不就能吃了吗?"他说得太遥远了,我听得懂却等不及,我看着他捧了那"馒头"往自家地里去了。但陈大爷却得了噎食病(食管癌),饿得皮包骨头,鬼一样,至死却没能吃上一个白面馒头。

而我是有福气吃了馒头的,从红薯面馒头到玉米面馒头再到豌豆面馒头,直到小麦面馒头,小麦面馒头又经历了普粉、标粉、精粉、上白粉、超细粉……馒头做得薄如纸白如绢,食量却也越来越小,从十三个降至零,完全没有了吃馒头的欲望。偶尔想起来了,竟也是先从女人的"馒头"引发了好奇和欲望才去吃的。堕落啊,想起当年一口气吃下母亲蒸的十三个馒头,简直不可思议!我似乎要重新体验,重新找回那时的感受了。

直到有一天,她对我说:"馒头是实心的,就像初生的人。馒头是不能有馅的,有了馅就不是馒头了,叫饼,叫包子。我们许多人原来都是实心的,都是馒头,可后来就渐渐变成虚心了,扁的了,就成了饼了,包子了。"这番话使我似乎一下子明白她为什么一定要坚持卖已经很少有人吃的馒头了,而且还是手工的。我要揭开这个谜底。

四

如果我说我已经是个十三岁儿子的父亲了,却一直单身,您恐怕就知道是怎么回事了。不错,我是个离过婚的男人,但您想不到的是我离婚不止一次。如果说,我与第一任妻子还真的称得上没感情的话,而导致第二次离婚的责任可是各半了。她是城市人,我是农村人,她打骨缝里就瞧不起我,就像我从骨子缝里瞧不起我前妻是乡下粗俗女人一样。但她的最初目的不是要解散家庭,那时刚结婚没两年,她其实已怀孕了。她是要绝对驾驭我,就像车夫驾驭马车,她要给我拴上笼头和缰绳。于是就到处拜师,求学驭夫之术。结果可想而知,她选错对象了。我石某人是何等人物,岂容妇人摆布?于是就黄了。她倒很巾帼,孩子也流掉了。我当时心疼得直掉泪,但转念一想,她只身一人却不心疼,我乡下已经有个儿子了还心疼什么?多亏当初担心影响两人感情没马上接来,放在老家让孩子奶奶带着。这下可好了,也顾不得什么了。

重要的是我现在有钱了,也敢雇保姆了。可保姆档次太低,就赶时兴,雇了个家庭教师。当然是我挑的,漂亮是第一原则。她高挑而瘦削的身材上,却配了对不算小的奶子。我怎么看怎么不像个师范学院的毕业生,就问:"你是师范学院的吗?"她说当然是。我又问:"是学生还是老师?"她说:"当然是学生啦!你什么意思?"我说没什么意思,那你学生证让我看看。她就从腰里摸了一下,摸出个红皮的证书来。我一看,徐俏俏,心里就笑了,好了,就定了。因为她要的薪水我没还价,她就显得格外兴奋,我心里就冷笑,别高兴太早,不出一个月,我非把你搞定了不可。结果比我预想的还顺利,不到十天,我就用一条18K镀金项链上了她。她的奶子的确很大,很有弹性,我在反复抚摸吮吸的时候,尽管过足了瘾,却深切感觉到那是被人反复揉搓过的了。更为糟糕和遗憾的是,她根本不是处女!当我感觉腻了,想甩开她时,她却吊着横眉,以东北女人特有的蛮横道:"怎么,想要俺?俺的黄花闺女身就让你白占了不成?要甩可以,房子归我,要不别怪俺告你诱奸大学生!"她这一招还真灵,我既不想吃官司,也不想给她房子,要知道那套房值五十万呢!那是我多年的奋斗心血。于是就这么拖着,不清不白的。

这回您该知道我的底细了吧,一个全国知名制药公司的首席医药代表,农村出身的,二婚,还娶了个大学生,多新潮啊!人家捧我,我也满足。想着家里放着的女人,也无所谓了,吃喝嫖赌全没放在心上,也没觉得对不住谁。人人说我挺潇洒的,谁知我心中其实也是糟成一团。

对女人的好奇是我致命的弱点,但自从遇到卖馒头的那女人,情况却有点改观。我总觉得这女人身上有种说不出的魅力,身后有种道不明的深邃感。当她又一次晚上如约送来馒头时,我说什么也不让她走了。当时我已经有几分醉意,我因一个人喝了250毫升的古井贡酒,有些飘然。我拉了她的手让她坐下,她就坐下了。当我借着酒胆一边表白一边想伸手搂她时,她却一下坐直了身子,说:"你是不是醉了?"我说:"是的,是你身上的馒头味把我熏醉了。"就近了脸趁势摸那鼓鼓的奶子,她一巴掌打过来,像铁掌似的,疼得我清醒了不少。只听她冷笑道:"你是不是真的喝醉了?"我拿出我惯常的无赖腔说:"是呀,大姐!我是醉了,不过我不是喝酒喝醉的,是想你想醉的。"她说:"是不是醉得轻,还要喝?"我说:"酒是不喝了,我想喝你的奶。"她却冷笑道:"喂儿子的奶倒是有,只怕你没胆量喝!"就挣起身走了。我立时感到了极大的失望,又为自己不高明的表演而懊悔。我反应过来时,忙推开窗户,看见她挎了篮子的身影正穿过马路,朝一条偏街走去。我疯了似的趿了鞋冲下楼时,见她的影子在路灯下已经很远了。我一路紧跑,终于跟在了她的身后,拐了几条小街,几乎是在郊区似的一个小胡同里的一座农舍的小院前,她推开了门,正要关上时,我一把挡住了。她吃惊似的:"你?"我说:"对不起,是我! 你让我进去吧。"她关门的手犹豫了片刻,松开了。

就是从那一夜我才知道了她的身世。尽管我也有所预感,但绝对想不到她竟是两年前被枪毙了的黑老大赵子强的遗孀,皖北地区地地道道的大姐大。而那个生有一双插入云天的剑眉的两岁的孩子,就是皖北头号劫匪赵子强的遗腹子了。虽然我也曾行走江湖多年,还是惊出半身冷汗来。

我逐步用我的诚恳取得她的信任,我还知道她的名字叫"粉粉",一个比较俗的名字。她开始向我讲述她惊人的身世了:

"我是皖南农村人,姐妹五个中我是老三,没有哥弟。我不是个学习用功的人,但我最爱美,人们都说我是姐妹五个人里最漂亮的。后来我也认为,男人最要紧的是才干,女人最要紧的是漂亮。于是,我就立下要当美容师的志向。初中刚毕业,我就去镇上一个表姐家开的理发店当学徒。干了三年,挣了点钱后,就报了省城一家美容美发学校。两年后学成回来,我没回镇上,连县城也没回,直接到这座城市里开了家美容店。我的生意并不好,我知道这是我没雇小姐的原因。但我还是想凭自己的手艺吃饭,日子还过得去。但直到有一天,店里来了五个客人,可我只有三把椅子。几个满脸横肉的男子就骂骂咧咧地说要到别处去,但一个瘦削的近乎文弱的男青年坐下来,他们才不吭声了。那青年抽着烟,脸色苍白,除了一对上竖的剑眉外,实在是貌不惊人。他们干洗完头发后,出奇地没有刁难我的两个从老家雇的女徒弟。因为那个瘦青年一直沉默着。过了两天,来一个人,说:'后晌别开门营业了,我们强哥请你到大胖涮锅城吃饭。晚七点,记清了。'我觉得莫名其妙,就没去。谁知夜里十一点刚过,我的店门被疯狂地砍砸。我开了门,见三四个醉汉在门外,其中一个就是下午来下命令的。他骂:'臭娘儿们,你胆子不小,竟敢失约!'就一脚踢翻了我的椅子。另一个上来就砸镜子。我抢了电话报警,却没音,电话线早被扯断了。他们把我的店砸了个稀烂,正要动手打我,那个瘦子出现了,他抽着烟,说了句算了,人就走了。我哭得泪人一般,一个中午没起床。心想这店还怎么开下去,要开下去该怎么跟这一群混混斗,却又听见门响,那几个人又进来了,但神态明显不一样。胖子说,强哥说昨晚弟兄们喝飘了,多有得罪,叫我们哥儿几个先来道歉,他随后再来当面赔不是。说完掏出一沓钱说:'这是一万块损失费,先拿着。店呢,会有人再来给你装修的。'果然后来就有一帮人来给我的店装修一新。在他们不伤害我的前提下,我陪那瘦子吃了一顿饭。这时我才知道自己被这个叫强哥的老大看上了,而且发现他每餐都有一个馒头。"

我说:"听说这赵子强平生有一大爱好,就是爱枪。一把是手中的钢枪,一把是裆下的肉枪。听说他虽只活了三十二岁,玩过的女人却不下三百个,有这事吗?"

粉粉平静地说:"有没有我不知道,而他真正喜欢、当回事,并置过房产的,只有十三个。"怎么又是十三?我心里想,犯了邪了。"那这样说来,他现在至少有十三个孩子了。"她笑了一下:"你错了,他的十三个女人中,除了我,都是不会生育的。"她又说:"我跟了他六年,到出事前,他真正看重的女人,也就两三个,其他都送人了。他抢劫,为了抢劫而不惜杀人。但对好过的女人他一个也没杀,最狠也不过送人。他自认为很懂女人，其实错了，他最终犯事的重要线索就是曾跟了他最久的女人提供给警方的。"

我不禁心里一阵犯慌，忽然想起北京家里那个家庭教师，不知是否也会把我告上法院。粉粉见我沉默，接着说："知道吗，强哥最阔的时候，资产有一个亿，手下的弟兄二百多人。我跟着他走南闯北，出入豪华酒店，穿名牌西装，去新马泰旅游，一掷千金。用强哥的话说，我是他最爱的人，不仅是漂亮，还因为费的周折最大，更重要的是我是个处女。这太出乎他意料了！后来他就更信任我，甚至一些重大行动也不瞒我。震惊全国的"9·11"银行大劫案，光钱就两千六百万，最终让他掉了脑袋的那案子，我其实事先是知道的。我为什么没被追究，表面上看是我怀了孩子，实际上是他们有意护着我。一块杀的十几个，坐牢的九十多个，没一个咬我的。他们不是可怜我，是要为他们的老大留一个后。他十三个女人没一个给他生孩子的，只有我。你以为我现在很穷吗？不是的。俗话说瘦死的骆驼比马大，强哥虽死了，他手下仍有人，都藏着，我可供支配的钱也足够我们母子花三辈子了。但我一分没要，我都捐给强哥老家农村的学校了。我知道这隐藏下来的钱不干净，我是隐了姓名捐的。我靠做手工馒头为生，我的馒头很好卖，但每天我只做一百个。一百个能卖五十元钱，扣去成本，我能挣二十五元，这二十五元钱足够我们母子的全部开支了。我深知钱是罪恶之源，我要让自己穷着，不是苦自己，是为了他的儿子。我已是三十三岁的人了，这一生没别的奢望，我只想用自己后半生的踏实和辛苦，言传身教地培养好他的孩子。我要他做一个像馒头一样坚实而有用的人。"

粉粉的经历使我一下子感觉到自己的猥琐、浮浅和渺小。渐渐地，我竟发现我也爱上她了。我一方面洗心革面，一方面寻找机会向她表白，并发誓与她共同承担起培养孩子的责任。"把两个孩子都培养成不带馅的馒头!"我说。而粉粉却有意疏远我。我认为她是在像当年吊赵子强那样吊我的胃口呢。

五

我的策略是从长计议,稳扎稳打。我就提议办一个手工馒头厂,招一些下岗女工进来。"你不是爱做馒头吗?那我们就把它做大,一方面发挥你的专长,一方面安排了下岗女工,第三呢也让更多的人吃上手工馒头,使他们从中受到启发和教育,像我一样。"

她竟高兴地答应了。

于是我就拿出五万元资金办了一家手工馒头厂,粉粉做厂长,招了二十几个下岗女工做工人。在她的悉心经营下,生意日渐红火。我又找记者做了几回采访,上了电视报纸。这一下子不得了了,生意更火爆了,女工扩招到二百人,达到了强哥当年的规模了。粉粉也被评为市三八红旗手、五一劳动模范。当我自以为时机成熟正式向她求婚时,她却拒绝了我。我以为她是嫌我北京家里那个保姆兼家庭教师的没名分的老婆,就向她笑了一下,说:"放心吧,一个月后听我的好消息。"我就回了趟北京,几番谈判,最终以五十万元的房子加十万现金为代价,换来一个自由我。当我兴冲冲赶回皖北时,粉粉却不见了。她把馒头加工厂委托给一个大学毕业生后,带着劫匪头子赵子强的遗腹子回皖南老家了。除了一封简短的信,她什么也没给我留下。

尊敬的石先生:

请原谅我的不辞而别,在我三十多年的人生中,有七年最幸福的时光:一是跟着强哥的五年,再就是认识你以来的两年。但我不得不离开了。我感谢你对我的爱,我感觉到那是真诚的,我也感谢你满足了我的心愿。但我不配你爱,我毕竟是抢劫犯的女人,他人虽死了,我却无法将他彻底忘掉。小强也要长大了,我不想因为他而给你添麻烦。小倩是个朴实而纯洁的女孩,她不同于你以往认识的任何女人,更不同于我。在一年多的接触中,我发现她不仅有能力,她对你还十分地崇拜和信任。如果有一天你们结合了,请好好待她,相信她。至于我们,正如一句古话,因缘而聚的东西,终有缘尽而散的时候。就散了吧!

最后,不管馒头流行到何种花样,我们也不要做带馅的馒头。这是我用半生悟出的道理,算临别的一点请求了……

小倩就是那个放弃工作机会在工厂做志愿者的毕业生,我没有娶她,尽管让她做了厂长。北京的家也没了,我写信辞去医药代表的职务,忽然间成了个穷人。经销商的货款迟迟不结,当年要送我雏鸡的钟老板更是卷了三百万货款人间蒸发了。公司没有批准我的辞职报告,反责令我限期收回经手拖欠的近百万货款,否则要追究法律责任。

我知道自己是难逃这一劫难的,我这个馒头的馅彻底被人挤烂了,掏空了……我十年来为公司开拓了那么多市场,挣了那么多钱,而今却像馒头皮一样被丢进垃圾桶了。小倩是个纯洁的女孩,她把馒头厂当成自己的生命,当成为社会底层做公益的事业了。

北京公司的起诉书下来了,我能忍心用馒头厂顶债吗?不能!小倩会心疼死的。正如粉粉所说,小倩是真心爱我的,她不在乎我有孩子,不在乎我年龄偏大,几次都要把身子给我,但我没有要,不是我厌倦了,我是不想伤了他。我把馒头厂过户到小倩名下时,判决书也下来了,当然是我败诉,本息加上费用共一百零九万元。我冷笑一下,见鬼去吧。我就背上十年前进京时背的旧得发黄的挎包独自去皖南了。我知道那个灰了心的人在那个水墨画一样的山水乡村里等着我,等我去点燃生命里的另一种激情。我的挎包里,装满了小倩亲手做的手工馒头。

2002 年 7 月 26 日至 29 日

于安徽亳州药材宾馆

歌哭唯真自风流

—— 笑尘九子古体诗品读

水兵

大地之上，全是钢筋水泥玻璃塑料，我们的血肉之躯，无处可逃。我们到何处去？谁来拯救我们？——唯有诗和我们的内心。

一

"歌哭唯真自通诗"，是诗人王笑尘给我的命题作文，也是他《〈梅花三弄〉诗成后自嘲》中的诗句，但我还是愿用更合我初衷的"歌哭唯真自风流"的题目来写这篇浅文。

我和笑尘，是骨子里相通、神情间意会的那种人。无论早与晚，近与远，生与疏，只要相见与交往，是注定要有缘分的，且一定会在彼此的空间和生活中留下或苦或悲、或喜或乐的碰撞和交锋……

他脾性硬，我内心犟；他自负，我任性；他愤青，我愤中；他有时狡黠，我有时圆滑；他有感性的不理智，我有遇事的不冷静；他赤心裸肺，我口无遮拦。就连教育孩子，都仍然固守"棍棒出孝子""艰难困苦，玉汝于成"的古训，为浮泛的现代教育和容易叛逆的孩子们所不齿。在他情感中痛苦无奈悲天悯人的软肋处，也是我容易流泪伤感情绪波动的要命门。

"爬过脸颊的泪滴/从唇边滑落后张开翅膀/以凄美的弧度/滴落/留给岁月/留给生活/相互牵引/只为彰显苦难时的惺惺相惜/男人的诗/惊恐得让人窒息/生命是被人世狩猎的兽/无处藏匿/迎面

而来的箭矢/穿过我的心房/只留下斑斑血迹/男人/在荒漠里再度迷失/用一生的火热去燃烧一首首激情的诗"。这是二十年前我写的一首小诗，现在献给我和笑尘，仍然合拍。

二

近年来，古体诗、近体诗词的创作在经过了相当长时间的沉寂后，再次呈现出葳蕤勃兴之势。其创作群体之大、社团组织之多、作品产量之高，均不是此前任何时期所可比拟的。不少诗人从早上到夜里，一天能出几首或几十首作品，风花雪月、桃红柳绿、饭局酒场、拉屎把尿、鸡零狗碎皆可入诗，皆可成诗。尽管如此，也只是以量取胜而已，表面的繁荣掩盖不了质量的整体低下。其表现是多方面的，即以创作体裁论，亦是近体新诗独大（大多不伦不类），能作好的也屈指可数。缺少古体的训练与素养，是很难从真正意义上把古体诗和近体诗写好的。

笑尘是出类拔萃的一位。他先出版了《前世》，在这部有着明显古风意韵的新诗创作中，笑尘都是真实地记录他的现实生活，包括他的所见、所闻、所为。因此他的作品不仅充满强烈的生活气息和时代感，同时也充分展现着他醒目斑斓的个性色彩。欣赏他的作品，我们也会感同身受，仿佛是自己心声的愉悦或真实歌哭，甚至会不由自主地报以会心的微笑或苦涩的泪流。他的诗一是写生活的真，二是不受"钦定"标准的刻板约束，三是拥有独特的诗词语言语境——这很重要。旧瓶装新酒，大胆真情的诗意倾诉可以说是笑尘古体新诗的标识，具有鲜明独特、不可过早评定的创作个性与成就。

诗贵真诚。《庄子》中说："不精不诚，不能动人。"只有至真至纯、至情至性之作，才具有文学的穿透力，感人至深的温度情怀，过目难忘的高格与锋利。笑尘秉性赤诚，以诚动情，以情现诚。在这方面，他写出了很多以诚感人、以情动人的好作品。《前世》卷三中无论是吊结为金兰的海栓弟——"黑发壮年命忽倾,为兄怎不伤衷情",还是吊相邻而居的海泉弟——"世上谁能百业成?功败名利转头空"。在该诗的小序中,他写道:"海泉亦余之幼年童伴,相邻而居二十年。2010 年阳春三月某夜,以铁斧自劈其额而死……"其患精神抑郁症十余年,家境赤贫,其女失学,妻子外出打工,凄楚之状不能言。海泉弟死后第三天,其堂弟亦暴毙。生死之间,如转瞬耳!其情其状,怎不让人肝肠寸断,潸然泪下! 这就是我们的农民兄弟啊! 在《吊文友王笑弟诗》中他写道,"汹涌南逝白河水,淘逝多少寒书生",其情其诚毕现。

没有艰苦生活的磨炼砥砺,没有家国情怀的关心忧虑,未必能够拥有表达悲剧的力量。时间可以打磨掉人心中一切极端化的情绪,成熟是历练和熬到火候时自然呈出来的,没有荆棘的小道和筚路蓝缕的开拓前行,铺满鲜花的大道是很难发现的。

比如《除夕六祭》中写外婆"斑驳鬓丝泪两把,奔走凄凉满生涯",一个家败无后人、奔波他乡以乞讨为生、失散多年的老人的悲苦形象跃然纸上。笑尘很珍念这种人世间的苦难和真情,他在《清明诗笺》中写道:"若使春色永不老,珍爱亲情一世中。"笑尘姊妹十一人,唯他为男孩,这在那个年代,在大山的人家中,生活的凄苦和艰辛可想而知。"都道天意怜幽草,世间谁人不恨贫! 春发无限伤心草,一路垂泪到青墩。"真情的敲击让人垂泪。

文学是从抒写自我的疼痛和苦难开始的,每颗渴望倾诉的心灵一定有着关于爱与恨的沉重和故事。一个诗人若没有内心深层次的痛苦、悲悯情怀和博爱,他的文字和作品肯定深入不了人心,打动不了读者。

歌哭唯真自通诗,歌哭唯真自风流。

三

诗以言志,如无志可言,强说话,强表达,开口出笔即脱节。此谓言之无物,不立诚。

《毛诗序》曾这样记载:

> 诗者,志之所之也。在心为志,发言为诗。情动于中,而形于言。言之不足,故嗟叹之。嗟叹之不足,故永歌之。永歌之不足,不知手之舞之,足之蹈之也。……故正得失,动天地,感鬼神,莫近于诗。先王以是经夫妇,成孝敬,厚人伦,美教化,移风俗。

诗歌是用来表现诗人的思想情感的,是表现诗人心灵指向的,在心里谓志向,用语言表达出来就是诗。情感在心里被触动必然就会表达为语言,即对美好的事物加以赞美称颂,对丑恶的事物加以讽喻鞭挞批评呐喊。作为诗人,笑尘的心灵是敏感的,眼光是锐利的,笔触是细腻且不失阔大的。以此,集中"美"与"刺"之作甚多。其对于亲情、友情、民情的吟咏,固然见出"美"的一面;而对于颓靡世风的批评及对贪官污吏不良世风的鞭笞,尤能见出"刺"的一面,或曰"入世"或"愤青"。而殊为卓异的是,笑尘在大量的诗作中,始终感情流注,从不作抽象的煽情和空洞的说教,而是吟诵有体,言之有物,显示出笑尘创作主体的秉性之厚、宅心之诚、含情之真。

诗本来就是一门形象思维的艺术,而诗中的形象是要靠真诚的情感来酝酿的。唯真情方能动人,亦唯以真情作基础的"美"与"刺",方有惩恶扬善之力量。笑尘诗作,无不情真意挚,言为心声,读之让人感动且有感悟。他在《前世》卷三"感怀篇"中的《西风一夜人白头》《从商十载感怀》《清明入山感怀》《冬夜宿郯城读〈李商隐诗选〉感怀》《近而立感怀》都至诚至怀,发乎其心,还有有关文友情的《赠王俊义》《赠李茗公》,师生之情的《清明寄贾平凹》《春宵再寄贾平凹》《读余秋雨〈山居笔记〉寄苏东坡》《清明步二月河〈春日忆乔公〉韵吊乔典运》等等,均称得上是情真意切,借情言志的好作品。艺术是容许有偏嗜的,如依我个人的口味,我似更喜爱他那些表达亲情与感悟的小作品。

如《赠女》:"有女莹莹光泽珠,清清澈澈秋水如。不求阿侬芙蓉好,自立自爱气自馥。"写给自己的《自嘲》:"半生苦读万卷书,遗恨仕途每自误。闲来偶闻圣贤语,禄位拘人君知不?"二诗几乎纯用口语白描,虽不事修饰而自见匠心,用词的简朴,赋情的深厚,殊有如食橄榄,令人回味不尽。这种质朴而不失乐观的人生态度让人感佩和由衷地赞美,读来令人不禁莞尔。

作为一介书生(我不认为笑尘是个企业家),"位卑未敢忘忧国",政治的大事笑尘也能入笔入诗,比如感叹国之蛀虫四大贪官令计划、徐才厚、周永康、薄熙来落马,笑尘一边开车一边口占了《岁尾四咏》,对其误国殃民并自误的人生大加感慨。这些诗情绪饱满,收放自如,尤其是感慨之状、大化之思,皆有劝世醒世之效。

四

好诗要有意境。山水风物类诗是中国古典诗歌中的大宗,可资取法的对象很多。笑尘因工作需要,行走大江南北,异域他乡,多有吟咏,所作有五古、七古或近体。游记抒怀一类的文章很难出新意,诗更难,而意境尤为重要。近人王国维在《人间词话》中说:"词以境界为最上。有境界则自成高格,自有名句。"又进一步阐释说:"境非独谓景物也,喜怒哀乐,亦人心中之一境界。故能写真景物、真感情者,谓之有境界;否则谓之无境界。"有境界的作品,言情必沁人心脾,写景必豁人耳目,即形象鲜明,富有感染力量,像王维的《山居秋暝》,杜牧的《清明》都让人耳目一新,乃大境界之作。

笑尘的不少山水游记诗仿古而不泥古,言为心声,古为今用,也堪称有境界手笔,像《山城清晨即景》"春柳山城泛鹅黄,一街碧玉两副妆。翩跹白鹳亲淅水,温柔春风吻面庞",像《过西安》"秦岭西望起苍茫,灯火阑珊忆盛唐。汉川三千今古,经纬两道分洪荒。阿房宫侧悲灰烬,茱萸台下闻花香。停车欲邀太白饮,忽记仙去独尽觞",还有在醉眠后写的《无题》"昨夜陈酒杂征袍,一杯井坊一魂销。寒雪霏霏飘窗外,暖流阵阵润心焦。风尘本乃人间事,但爱江湖自逍遥。莫道更深夜未央,东方既白春欲晓",更有《清明过绍兴(六首)》其三"梅花谢去杏花红,沈园廊幽垂紫藤。佳人酥手今何在?才子诗稿空牵情。关外铁马折轮台,箧中幽思数梦惊。八百年来鉴湖月,夜夜照影尽放翁",《谒偃师杜甫墓》"诗圣墓园何处寻?偃师城西木森森。几株石榴掩墙内,一片诗心随孤云。才盖盛唐空孤愤,诗传华夏满古今。我今偶来邙山下,凭吊诗魂竟一人",等等,不胜枚举。

运思的剪裁,用心的慎独,境界的澄澈,见胸襟,见才学,见识力,令人神采荡漾。

赋予花草树木、山川江河以生命,以生动的形象、深刻的领悟去运笔,去抒写,只有身临其境的诗人,才能有贯通天地的神来之笔、神奇之句。

五

好诗要有好语言。一切文学作品,最要得的是语言,语言的灵动、活泼、清新、鲜活、美感,直接刺激读者的阅读和审美,也直接沟通作者与读者的共鸣。"春风又绿江南岸"中的一个"绿"字,点石成金;"僧敲月下门"中的一个"敲"字,意境全出。

稍有文学修养的人都知道,中国古典诗歌的语言基础是文言文,不通文言文,没有最基本的文言写作训练,是很难从真正意义上写好古体诗的。古体诗虽散漫芜杂,但格局宏大,形式自由;近体诗造境精纯,语言凝练,韵律严格,高蹈严谨。古体在字法、句法、章法上均给近体奠定了基础,提供了借鉴。没有这方面的基础训练和素养,开笔就写古体,不从近体格律语言中汲取营养,所作古体就难免有野、散、直白、气弱等种种不足。古体诗是源头活水,近体诗如唐诗宋词的高峰,当为今人古体诗的写作给予照耀和仰望。

笑尘家居伏牛深山,过早地承担了家庭的不幸和艰难,成绩优异却过早辍学,渴望读书却无钱买书。但他的聪慧早熟、博闻强记,让他弥补了这一课。他从《诗经》《楚辞》,汉赋、乐府歌谣,唐诗宋词,甚至元曲杂章中汲取营养,以惊人的记忆力和天才的悟性填补了先天的不足。他对不少经典诗词烂熟于心,谈笑间脱口而出,行文中信手拈来,仿佛自家珍藏,并且语言新颖活泼,生动贴切。

另从某种角度看,我认为笑尘骨子里天生有着大山的伟岸与坚毅,对世俗命运的不屈与叛逆。魏晋风度在他身上有着很明显的烙印。他的从容与奇怪,犀利与慨叹,甚至愤青和刺世,无不闪动着魏晋名士的风骨背影,浸透着传统文士的遗风大雅。在创作风格上,一直探索用一种形似"新诗近体"的语言和韵律,完成直抒胸臆的诗意诉说。但细观之,却一脉相承地遵循着古言近体的精髓和韵律要素。不忌口语、俗语、俚语和新名词、新语汇入诗句,同时也极为讲究美学上的对偶结构,其高雅、凝练与表情达意的艺术效果及成就,真不是我或一般人短期内敢于轻下结论的。正如笑尘常引用他所推崇备至、素有"小李白"美称的诗人陆游的那句诗——"丈夫未死谁能料",而笑尘的确还很年轻啊!

六

刚刚远去的著名诗人马新朝对诗这样理解:"诗歌是我生命的

灯盏,我一边用它照看自己,照看这个苍茫的人世,一边用手罩着,以免被四周刮来的风吹灭。"在具体的生活事件上,在细微的事物中,感悟生命的存在,让人对生命的真相有更深刻的把握。

笑尘因对诗的挚爱,文学梦想的追求,所以在一边经商一边为文的征程上尽力跋涉,孜孜以求。这篇文字就不对他诗作中的不足做过多的评价了,算作一种激励与期许吧。

古人喟然叹曰:"知我者谓我心忧,不知我者谓我何求?"笑尘的办公室里挂有一幅自撰的座右铭:"种树栽花润沃土,读书品酒行天下。"这是南阳市书法家协会主席郭国旺老先生的浑厚美畅的行体。不管做企业还是做文章,笑尘的最终理念是"永无止境,润泽万生"。我想,只有真性情、大胸怀、高境界、大雅大俗之人,才能真正诗酒纵横,笑傲天下,永无止境,润泽万生。

2016 年 9 月 15